还是要相信

陈鲁豫

—— 著

SPM
南方出版传媒
花城出版社

中国·广州

图书在版编目（CIP）数据

还是要相信 ／ 陈鲁豫著． —— 广州 ：花城出版社，
2021.3
　ISBN 978-7-5360-9210-5

　Ⅰ．①还… Ⅱ．①陈… Ⅲ．①随笔－作品集－中国－
当代 Ⅳ．①I267.1

中国版本图书馆CIP数据核字(2021)第006712号

出　版　人：肖延兵
责任编辑：郑秋清
特邀编辑：王宇昕
技术编辑：薛伟民　林佳莹
封面设计：韩　笑

书　　名	还是要相信	
	HAISHI YAO XIANGXIN	
出　　版	花城出版社	
	（广州市环市东路水荫路 11 号）	
发　　行	新经典发行有限公司	
经　　销	全国新华书店	
印　　刷	北京盛通印刷股份有限公司	
开　　本	850 毫米×1168 毫米　32 开	
印　　张	8	
字　　数	150,000 字	
版　　次	2021 年 3 月第 1 版　2021 年 3 月第 1 次印刷	
定　　价	59.00 元	

版权所有，侵权必究
如有印装质量问题，请发邮件至 zhiliang@readinglife.com

序

西班牙导演佩德罗·阿莫多瓦在新冠隔离日记中写道:"疫情隔离和我的日常生活没有太大不同,我依然是独自一个人,始终保持着警惕心。这并不是一个让人开心的发现。""我按照日光照进窗户和阳台的节奏生活。""我开始不再看时钟。""如今我专门规划了电影时间、电视新闻时间,以及不同的阅读时间。""唯一的锻炼就是在家里的长廊上走来走去,就是《痛苦与荣耀》里胡丽叶塔·塞拉诺和安东尼奥·班德拉斯走的那条长廊。"

2020 年夏天到来之前,身处北京的我,和远在马德里的阿莫多瓦过的是近乎一样的日子。我比他多一些热闹,就是每天下楼取外卖,因此和小区的保安大哥聊成了熟人。

周围的一切异常的缓慢沉静,连朋友圈都不再活色生香了。我坦然地待在家里,看书、看电影、吃东西、做家务。倘若世界不是正遭受病痛，我不介意日子就一直这样散漫地流淌下去。

手里突然有了大把可以挥霍的时间，于是我又一次看了比利·怀尔德、伍迪·艾伦、希区柯克、黛安·基顿、梅丽尔·斯特里普、马德斯·米克尔森、诺拉·艾弗隆、树木希林等人的作品。属于阅读的时间，就给了斯蒂芬·茨威格、李娟、傅高义……和没有太多营养但信息量极大、极有意思的《名利场》杂志。作为旁观者，通过光影、文字了解他人的世界，总让我莫名心安。

平生看第一本带字的书大概是在三四岁，一个字都不认识，但记忆力好，一本童谣漫画书听大人讲了两遍就记住了，每每捧着煞有介事地念念有词，居然一字不差，只除了一个用词——书中原文我还记得，是"幼儿园里真热闹"，我必定固执地按上海话读成"幼儿园里真闹忙"。很快，四大名著就来了。我打开名著的方式是看连环画，以及听刘兰芳、袁阔成、曹灿的广播和评书，最后才读了原著。1981 年版的《红楼梦》小人书，人物描绘之精美、文字之凝练，绝对是佳作。那套书我看了太多遍，以至于后来看 1987 年版电视剧《红楼梦》时，总觉得是根据同名连环画创作而成，就连角色选择都那么神似。再后来，中学的课堂上、宿舍熄灯后用手电照着，读的是三毛、琼瑶、梁羽生、阿瑟·黑利，还有一本同学们都在读但我怎么都读不下去的厚厚的《简明哲学》。

上大学了，开学第一天，我从广院，也就是现在的中国传媒大学图书馆借了人生中第一本英文读物，书名叫"Laugh Till It Hurts（笑到痛）"，是美国著名喜剧演员、歌手卡罗尔·伯内特的自传。在我当年的认知里，写书，是伟大如托尔斯泰、曹雪芹才可以做到的事，拥有自传更是伟人的专属。于是，我以为卡罗尔·伯内特是美国前无古人后无来者的巨星，还专门去问了我的美国外教，二十多岁的小伙子耸了耸肩说："嗯，她挺有名的。"轻描淡写地把我说愣了，仅此而已吗？

成长在 20 世纪 80 年代的孩子很幸福，文学、电影都在蓬勃地发展，我和我妈抢着看《十月》《收获》《当代》《译林》，还有那么多电影——《沙鸥》《夕照街》《珍珍的发屋》《雅马哈鱼档》《女大学生宿舍》《青春万岁》《人到中年》《红衣少女》《街上流行红裙子》……一个懵懂的小女孩就这样透过银幕了解着火热的生活。1985 年，我在清华大学礼堂看完《红高粱》后，整整一周，眼前一直一片通红。1992 年，王府井一家影院门口，《阳光灿烂的日子》散场后，我也是站在街边半天回不过神。2000 年，我去中关村看了《过年回家》的首映，很喜欢。去年夏天采访刘琳还提起此事，当年影片中风华正茂的两个女孩，后来各自以不同的方式成长，长成了今天美好的样子。

外语片的观影记忆也有很多。邱岳峰配音的电影《简·爱》远比中文版小说翻译得好，特别是简·爱的"你以为我穷、不好看，就没有感情吗"那一段台词（在本书中，我引用了这段话，用的就是电影中的配音台词）。那时的院线外语片语种丰富，品质也高。《叶塞尼亚》《冷酷的心》《英俊少年》《佐罗》《老枪》《这里的黎明静悄悄》……墨西哥、德国、法国、苏联的电影是我少年时期的大片。第一次看原版没有配音、没有字幕的英文片是在初二，片名叫"Touched by Love（情暖童心）"，主演戴安·莲恩那时还是个没有发育的小女生，四十年后，她是我最喜欢的好莱坞女演员之一，《托斯卡纳艳阳下》《不忠》是她的代表作，也是我一看再看的电影。我之所以还记得那么久远的一部并不出色的影片，是因为它对我的打击很大。我当时自认为英语很好了，可第一次听老外在银幕上讲话，却只听懂了百分之二十。这让我无比沮丧。

高考那年，当时的广播电影电视部的影院内部放映《星球大战》，我好想去看，但我爸轻轻的一句"考完再看也不迟"，就让我活活等了八年。1996年去香港工作后，赶上星战重映，我终于圆梦，却发现并没有那么喜欢。在香港工作常住的那几年，我疯狂地看片"补课"。香港商店多，连着逛了几天后也就意兴阑珊了，看得多买得少、没什么钱大概是关键。当时，百视达租碟店生意正是红火，我下了班就在里面转。平常我要么窝在家里看碟，要么就在红磡黄埔花园的影院里，赶上什么看什么，甚至试过在最后一分钟只剩下第一排最后一张票，全程离银幕就那么近地看了《侏罗纪公园》第一部，看完头昏眼花。

2000年回到北京，觉得家里什么都好，就是看电影不方便。想看什么，只有去买光盘。不知不觉间，就积攒了几个书柜的光盘，如今看着就剩个感慨。想扔，有点舍不得；不扔吧，没用又占地。还好，一直跟随着我的那些藏书永远不会过时。

这些年来，我看书、看电影、看剧，忙着看别人演绎生活，常常看得太过投入，而忘了生活远比戏剧来得精彩，忘了参与远比旁观有意义。2020年生活重启后，我被出版社催着，拖拖拉拉地终于在牛年到来之际，完成了本书的编校工作。书里的文字全部来源于这两年我对于读者、观众问题的回应，她们大部分是年轻女性，困惑痛苦几乎都和情感有关。这些问题，倘若她们不问，我也不会去想。恋爱是要去经历的，纸上谈兵没什么用，别人的鼓励和参与也要警惕。但是，我和读者一问一答的交流却是温暖而治愈的。

2021年了，我依然在阅读、看剧、看电影。新的一年，感觉上应该是新天新地新气象，但困难毛病一样没少，我倒是释然了。疫情最严重时，我期待的不就是生活回归正常吗？

目录 | Contents

在自己和世界之间,寻找最大公约数

⊕ 这是最好的时代，也是最坏的时代

⊕ 爱是疲惫生活中的英雄梦想

在大结局到来之前，不妨拼尽全力

这一生，我的单我来买

自律真的能使人自由吗？

自律能使人自由吗？

在相关调查中，90% 的读者都给出了肯定的答案，@turboJason 认为自律是一种延迟的满足，通过克制当下的欲望来获得明天的自由。剩下 10% 的读者则认为自律不能带给人自由，@ 江江说自律会带给人成就感，但这种感觉不能称作自由。

关于这个问题，鲁小胖讲了她小时候的故事。

我是奶奶带大的，一天幼儿园也没上过。奶奶不识字，但头脑清晰，有人生的大智慧。她的教育理念我无比认同：学习是一辈子的事，六岁以前的小孩子就让她疯玩好了，上学以后想玩都没时间呢。于是一年级入学前，我一个字都不认得，也没有集体生活的概念，每天就是玩玩玩。

开学第一天，我兜里不知为什么装了很多糖，语文课上到一半，我突然站起来就往教室外走，老师都愣了，拦住我问我怎么了。我觉得老师好奇怪，难道看不出我憋得慌要上厕所吗？老师很和气地让我去了，下课后跟我说，以后课间十分钟才可以去卫生间，上课万一憋不住了，也要先举手跟老师示意。从那一刻开始，我自由无羁的天性开始被慢慢驯化，而那些不动声色有理有节的管理，我开始接受了。

那天放学时，老师还指着我满满一口袋的话梅糖，温柔又不容置疑地说："明天开始，零食也不可以带到学校，放学回家以后再吃吧。"我就像被施了魔法、被催眠了一样，瞬间将老师的话奉为圣旨，我奶奶都觉得很神奇。

我适应能力很强，幼儿园的缺失并没有影响我的小学生活，唯一让我困惑的是，每次语文生字练习，我的田字格本上的成绩永远是大大的"差"。我纳闷了整整一个学期，我一笔都没有写错啊，为什么老师不给我一个"优"，或者，哪怕是个"良"呢？

然后某一天我突然如梦初醒，原来生字练习不只要把字写对，还要一笔一画把字写得很工整很好看才行。我傻乎乎地以为生字只要会写就好，每次都龙飞凤舞、乱七八糟地写一大篇，老师判了一学期作业恐怕都疯了。

话说我幡然悔悟的第二天，老师估计又疯了，因为我的狂放天书一夜之间变得一笔一画、工工整整，我又莫名其妙选了最细最浅的中华 6H 铅笔，下笔之小心，仿佛怕惊扰了谁似的，于是那一页作业若有若无，估计看得老师心惊肉跳，上气不接下气。

生字作业风格上革命性的转变，标志着我从一个自然散养、没有任何束缚的小孩成长为一个尊重纪律与规则，接受适度被管理的群体中的一分子。这是人生存的本能，成长的第一步就是用教养、纪律等各种约束让自己融入群体。

守纪律很辛苦，而自律才是真正的考验。小学二年级，我从上海转学到北京，当时北京的课堂上要求小学生手背后坐端正听讲。如今想来这要求不科学、没必要，但作为亲历者，我发现它也没有对我造成任何不良影响，而且公平地说，它的确提升了我的专注度。

直到今天，我还记得当时坐在我左手边隔着过道的一个梳马尾辫、一脸严肃、鼻子又高又直的女生，她的坐姿永远被老师表扬。我当时心里颇为不忿，每每也试图挺胸收腹，想和她一争高下，但每次都败下阵来，那女孩的定力简直可怕。我这一路碰到了不少这样的狠角色，都是神人，都极其自律。以我不同时期的标准来看，也都极其优秀。当然，他们不仅仅因为自律而优秀，但**优秀的代价之一必然是自律**。

NBA 球星德克·诺维斯基（Dirk Nowitzki）说，他退役以后最大的改变就是几乎每天都吃冰激凌，半个月就胖了十五磅，以前的衣服全部作废。还有当年休·杰克曼（Hugh Jackman）不演金刚狼之后，有一段时间也常在社交媒体上秀垃圾食品，而这些小小"放纵"的背后是曾经长时间的非人的自律。

相比身材与生活习惯上的自律，对于情感和情绪的自我掌控才更难。比如如何不见异思迁、不喜新厌旧，如何做到从容淡定、宠辱不惊，如何不以物喜、不以己悲，这恐怕才是人生的终极难题吧。我认识一个男人，因为三十年前对太太的一句承诺，从此谨言慎行，不给自己任何心猿意马的可能性。因为变化太多，不变的人才显得弥足珍贵。

自律很难，因为自律没有标准。我想，自律就是我那个坐得笔直的一动不动的小学同窗；是杨丽萍几十年如一日纤瘦无比、为舞蹈而生的身材；是诺维斯基、休叔曾经的"苦其心志，劳其筋骨"；更是我尊重的那位朋友对爱人的一诺千金。

自律的过程并不愉悦，甚至痛苦不堪，它不会使人更自由，也不一定使人更成功，但自律会让人更体面，令人更接近心目中那个最好的自己。

要不要一个人生活

你享受独居生活吗？

一个人的时候，哪些细节会让你觉得生活充满了小确幸呢？

比如，一个人也可以很有仪式感地度过一些节日；时常做喜欢但耗时的美味食物犒劳自己；从很远的国度背回重量不轻的漂亮盘子……这些都是享受一个人生活的表现。

鲁小胖说，她又一次成为了话题终结者，因为她还没有达到能够享受独居生活的段位。

我其实不太适合独自生活，因为我欠缺享受独居生活的能力。我不会做饭，倘若我收拾房间，那就是一场灾难，我不养狗不撸猫没种花，生活日常就是看书看剧。生活技能和情趣的欠缺容易让日子寡淡。但我坚信，一个人也是家，也要尽力地活出滋味。

我一个人搬过家，当然，我只是动口，两个搬家公司的人动手。也经常一个人吃饭、看电影，也有过独自旅行、去医院的记忆，写成文字读来会有些惨淡，但当时自己还挺怡然自得的。

以上种种，你可以解读为现代女性的独立洒脱。如果你上有老下有小，有人管、有牵绊，经济不自由，你甚至会各种羡慕。可对我而言，生活小确幸当然有，可我明白，这只是我不将就、不妥协的一个阶段、一个结果。

我也常常会气馁，会软弱，会心疼自己。比如要喝粥却打不开酱豆腐瓶；必须要自己换大号桶装水；吃坏了肚子，半夜在床上痛得打滚；晚上十二点突然发高烧，想要闪送退烧药，却突然发现手机没有支付功能，又不愿意麻烦朋友圈的朋友，只能自己扛着。还有出差好几天回到北京，飞机降落那一刻，想到家里并没有人等自己。天热了、天冷了，心情高低起伏，除了闺蜜并没有亲密的另一半可以分享、分担的时候，内心会伤感、脆弱。这一切，就是独自生活的代价。

一个人生活，我尽力了，可还是不够热气腾腾，我不是一个有生活能力和情趣的人。

一个朋友说，你家阴气太重了。吓得我打了个冷战。她说，你要经常做饭，请朋友、家人来，要让家里多些烟火气。我当然明白，一个人生活是危险的——过得不好，糟糕；过得太好，更是分分钟"自绝于人民"的节奏。

比如我的朋友 Nicole，独自生活十几年，养猫、健身，家里鲜花不断。平常喝酒、喝水、喝咖啡，就连打包外卖都不厌其烦地摆出水晶杯和死贵死贵的成套法国餐具。逢出门，必武装到牙齿。一个人在家也会穿着 La Perla 的性感吊带。可是，除了给猫看，也没个鬼用。

她定期更换家具甚至装修风格，常常让我羞愧地回家看着我拎包入住了十年、墙纸颜色无比难看、但因为懒得换就忍了十年的家；还有我肥肥大大、舒服为主、不能更丑的家居服；以及除了我以外一个活物都没有的生活空间。这些让我无比沮丧。

可是，这样一位励志大姐，也不是铜墙铁壁。

有一次，我俩去连卡佛买毛巾，想到冷清的家，我特意选了玫红、嫩黄两种颜色的浴巾、洗脸毛巾，每种都是两人份的，买了一大袋子。结账时看看大姐，优雅地托着一条浴巾、一条毛巾就来了。

"你只买一条？"我满脸困惑。

"对呀。"她吐气如兰地回答我。

我骂了句粗话："你生活中就不给自己和别人留一点可能性是吧？"

她愣住了。

"你这叫'自绝于人民'。"我语重心长。

独自生活久了，小宇宙超级强大，就容不下别人了。

那天，她被我逼着买了一堆根本用不上的毛巾回家。那已经是几年前的事了，如今，她还是一个人。

我总觉得，你多买一条毛巾，承认一个人的生活没有那么自给自足、怡然自得，有时也会惶恐、怅然若失，那么，就有摆脱独居生活的可能性。当然，如果你兴高采烈地享受着一个人的日子，我为你高兴。

几年前我去珠海采访董明珠。在格力总部前，她指着不远处一大片楼说："那是格力给已婚的青年职工准备的。"我赞叹了一声，又好奇地问："入职多年的单身职工没有吗？一个人，也算是个家庭呀。"董总愣了一下，然后搂着我的肩膀说："你的建议有道理。"

生活，没有标准答案和所谓该有的样子。日子幸福痛苦也只和运气、智慧有关，和家庭人数无关。一个人也好，两个人也罢，都是家。一个人，要好好的；两个人，就好好地守候彼此吧！

年轻的品质

你最欣赏年轻人的哪些特质？

青春时代常被视为一个人一生中的黄金时代，人们对于年轻人总会有太多美好的想象与期待。

@双喜说她喜欢年轻人身上的那股轴劲；@若豪欣赏年轻人能够随时进退的气魄；@Sami欣赏年轻人的敢爱敢恨。

年轻人虽然有时会让人觉得冲动莽撞，但他们身上的确有太多优点值得欣赏。鲁小胖想来聊聊，她所欣赏的年轻人的样子。

记得大学某年暑假的某天下午，我汗流浃背地坐在家里无所事事，窗外的知了声音大得令人心烦意乱，我突然悲从中来，觉得所有人都在狂欢，都在热火朝天地生活着，只有我，被世界遗忘了。后来我才明白，其实在那一刻，和生活中几乎每时每刻，总有一些我的同学、朋友、其他同龄人，大汗淋漓地沮丧着，失落着，透明人一般地没有存在感着。

谈论有关年轻的话题是一件不讨巧的事。一味赞美年轻吧，讨好的意味太浓；而理性冷静的分析与批评貌似公允，其实也没必要，哪个年龄段的人不是毛病一大堆呢？所有年轻带来的问题，时间都会解决。

当然，年轻总归是值得庆幸并珍惜的，但年轻又多半会被辜负，留下遗憾。我只是希望，当年的我可以更理直气壮一些。理直气壮地从头到脚都有婴儿肥，理直气壮地青涩，理直气壮地犯错。因为焦虑、谨慎、恐惧，是时间一定会套在我们身上、躲也躲不开的枷锁。那么，在还不知深浅轻重的时候，一定要理直气壮。

我在北京看过一场法语版的话剧，现场有很多粉丝，大半是年轻女孩，做 cosplay 的装扮或者穿汉服，人手一台相机，演出过程中全程拍摄，而演出结束后的一瞬间，她们迅速冲到台前，手机、相机、鲜花一应俱全，一副训练有素的样子。我一边鼓掌，一边看着这群女孩。

很多年前，我第一次出差纽约，拍摄间隙一个人在街上乱转，逛累了，就在第五大道街边打车。司机是一名阿拉伯大叔，车子开得飞快，他每说一句话都要回头看看我，吓得我一路心惊肉跳，生怕他撞车。

大叔人很可爱，等红绿灯的时候，他又转过身来问我："你是第一次来纽约吧？"

"啊？你能看出来啊？"我怯生生地问他。

"当然，纽约人伸手打车非常干脆，不容置疑，你呢，手伸得犹犹豫豫的。孩子，下一次要果断，要表现出'I own the place（这是我的地盘）'的感觉。"

我坐在那儿，听傻了，点头如捣蒜。

那大约是我唯一一次在纽约打车的经历。后来，我也再没去过纽约。所以也没法验证一下，这么多年过去，我有没有进步，是不是已经有"I own the place"的底气了。

我觉得我好像并没有长进。所以演出结束后，我饶有兴致地、微微有些羡慕地，看着舞台前那一堆兴奋尖叫的女孩，她们那么理所应当地享受着做粉丝的单纯的快乐。

理直气壮并不是简单粗暴、傲慢无礼，它是直抒胸臆、尊重规则、守护权利。我觉得生活的性别是男，而且是那种让人头疼、常被吐槽的"钢铁直男"。他的可恶在于绝不拐弯抹角，所以别说黛玉葬花没用，晴雯撕扇都没用。对付他们，必须直接木兰从军或者穆桂英挂帅。

你的爱恨与渴望，不要期待生活来猜。幽怨、压抑、委曲求全都没有用，想说就表达，想要就争取，就像那些在舞台前乱成一团的女孩们一样。所以，**我能想到的最可贵的年轻的品质，就是理直气壮，眼里有光。**

我这一阵有机会遇见不少年轻观众。有一天，一个二十九岁的女孩等我到天黑,一直等我结束了全部工作,只为跟我讲自己的"中年危机"。我知道她是认真的,她的眼泪与痛苦都是真实的。还有一名大一的男孩,跑到我面前,带着哭腔讲自己异地恋的女友背弃了他。还有一个早就走出校园独立生活的女孩,也是一直流着泪,抱怨父母不断逼她相亲,她几乎绝望麻木,准备对生活缴械投降。

当然,也有目标笃定、意气风发的年轻人,他们清楚地知道自己想要的人生,绝不为外界所动。有一个大三的男孩,睁着圆圆的大眼睛,自信地跟我规划他的未来:本科毕业以后,他要考研到北京,学马克思主义理论,未来从政。

这些年轻人都是理直气壮的——哪怕他们正困惑、痛苦着。他们的人生中没有语焉不详,没有避重就轻、躲躲闪闪,更没有从何谈起、不说也罢的尴尬。哪怕流泪的时候,在没有路灯的校园里,我仍然能看到他们眼里有光。

一生很长,出发时如果没有足够的信念和光亮,怎么支撑并照亮一生呢?

我们要为别人眼中的幸福委屈自己吗？

你曾为了别人眼中的幸福而委屈自己吗？

许多人过着别人都羡慕，自己却一点也不喜欢的生活。有人迫于家人压力去相亲，有人为了躲避邻里闲话而和不爱的人结婚，还有人听父母老师的话选择自己不喜欢的专业……

感叹生活苦涩无趣，却又碍于种种因素继续维持现状，看起来好像很委屈，但这一切在鲁小胖看来，其实怪不得别人。她说，很多时候，生活不给我们择善而从的勇气，我们都是本能的两害相权取其轻。

记得学生时代，我看了不知从哪儿转录的画质很糟糕的琼瑶电视剧《几度夕阳红》，时间太久远，我早忘了是哪一位女明星主演，只记得男主角好像是秦汉。那部戏让我印象深刻的，是女主妈妈的一句惊悚无比的台词："女孩子啊，这一生一步都错不得，一步错，步步错。"当年这句话就听得我无名火起。

剧中的女主人公梦竹，最终选择留在丈夫杨明远身边，拒绝了曾经的恋人何慕天，我当时只觉得成年人的世界复杂又可怕，现在我懂了，梦竹放弃的不是爱情，因为分离十八年的感情，顶多是看起来很美但根本不堪一击的肥皂泡，而十八年相守的生活才是一切。女主人公选择的是亲情，是相濡以沫的生活——它也许不美，甚至令她疲惫不堪，但倘若失去，她也会生不如死。就连至情至性到不食人间烟火的琼瑶剧女主人公，也没有为了别人眼中的幸福而委屈自己，她是为了尽可能将支离破碎的日子过下去，为了自己而委屈自己。

归根到底，每个人感性或者理性、明智或者愚蠢的选择，其实是基于自己内心最深的恐惧。因此我完全理解为什么查尔斯选择了卡米拉而放弃戴安娜，过不到一块儿就是过不到一块儿，你再美若天仙、万众景仰也没用。更何况当初是为了王位做出让步，几十年过去了，王位已成幻影，当年的软弱没个鬼用，换作是谁也都会重新审视人生吧。从前王位换生活，如今生活换王位——归根到底是自己的权衡。不同时期，查尔斯做了力所能及的选择，无所谓对错好坏，唏嘘感慨都是外人的事。

因为家人的压力只好去相亲，和不爱的人结婚，学了不喜欢的专业，做了没意思的工作，过着无聊的生活……所有的被动选择与半推半就，其实怪不得爸妈七大姑八大姨，说到底是自己懒了、累了、绝望了、想安稳了、退而求其次了、觉得能力有限不如算了。

这些其实都没什么，人在忍无可忍之前总是可以忍的——生活就是这么吊诡。极尽忍耐的日子也不是完全没有快乐，而比起激情与热爱，熟悉与安全更让人觉得妥帖、不可或缺。所以，当人们陷在可有可无的学业、工作、婚姻之中，觉得了无生趣的时候，我没有办法不负责任地大喊："等什么呢，赶紧换一种活法呀！"我只能像鲁迅先生那样，让你直面惨淡的人生。

继续过往乏善可陈的日子，你会不甘心不开心，觉得错过了无限的可能性，可是假如结束这让你厌烦的生活，你也极有可能会恐惧、慌乱、孤独、后悔。很多时候，生活不给我们择善而从的勇气和机会，我们都是本能地两害相权取其轻。

我不担心人们会为了别人眼中的幸福委屈自己，我担心的是，人们会在别人的欢呼与鼓励声中做出貌似勇敢的决定：

"你生活不幸福，离婚啊！"

"不喜欢你的工作专业，换一个呀！"

"不想在小城市过一眼看得到头的生活，去北上广啊！"

"在大城市压力太大，回老家呀！"

……

生活中，最好时刻准备着和民意背道而驰。我还是更愿意屈服于自己，哪怕是自己的软弱。如果一段故事的开始是草率鲁莽的，那至少当它收尾的时候，我可以深思熟虑。

最近我疯狂地迷恋自行车加地铁的出行方法，北京的秋天无比美好，我戴个帽子背着包，在我生活的小小的区域里自在穿行。我这样做，是因为这让我无比轻松快乐，仅此而已。等到天寒地冻的时候，我还是会缩回到房间、车里，那也是我的选择。

在无关家国情怀与大是大非的平凡日子里，我在自己的世界里安静。周遭喧嚣着变化着，我依然故我，这不是因为我勇敢，而是因为这是我唯一会的方式。我从来没有为了别人眼中的幸福而委屈自己，我只会为了自己认为的幸福而委屈自己。哈，说来横竖都是在委屈自己。

反正，我知道我要什么，我愿意为此倾尽全力，我也可以承担一切后果。（当然，不承担也不可能。）

那么你呢？你知道吗？你愿意吗？你可以吗？

这里有一份鲁豫给你的"职场生存指南"，请查收

毕业季到了，即将离开校园的年轻面孔鲜活之余也多了一份焦虑和迷茫，步入社会的第一个岔路口，如今已经摆在面前了；而已经身在职场的人们，也面临着跳槽和新的选择。

在跳槽和迷茫的日子里，作为一个"入对行的人"，鲁小胖想分享这些职场指南。

某次我在香港见了一个"神人"，他和我聊了一个半小时，征得他的同意，我把我俩的对话用手机全部录了下来。说是对话，其实全程基本是他说，我听。有一天，我突然想到这段录音，下午做指甲的时候重新听了一遍，惊得我全身的汗毛都竖起来了。

他说的那些已经发生的事的确都曾经发生过，而那些他指出即将发生在我身上的事，居然在那之后的半年多里，全都发

生了。当然这些不是重点，重点是关于我的事业，他说了几句话："你是个劳碌命，没有偏财运，但你没有入错行。"原话就是这样，是没有任何修饰的简单陈述句，甚至充满了江湖算命气息。这些话吧，说起来没负担，听起来没毛病，怎么解读都可以，但是，我听着仍然有些感慨和欣慰。

在我看来，"没有入错行"的标准，包括我获得的名利、认可，还有最最重要的，是单纯的喜欢。把兴趣和谋生手段合二为一，就像是嫁给了爱情一样。无论结果如何，这个开头我心甘情愿，而整个过程我自然会无比投入。

一个"入对行"的人，在毕业生忙着找工作、已经工作的人忙着跳槽的时候，该给大家怎样的职场指南呢？

大师说，我这一路都碰到了贵人，他真说对了，否则就像我当年那情商，分分钟被人拍死。我想想自己真是幸运，几乎没有经历过一个新人通常都要经历的艰难起步、穷困潦倒、委曲求全，我一直是个"愣头青"，莽撞、不知天高地厚，年轻、天真得理直气壮。

我使劲回忆做新人时受过的不公平待遇，勉强想到一个制片主任。他当年曾经平静、坦然又不容置疑地对我说："每期节目劳务费是六百元，但你还是个学生，所以我们只能给你每期三百元。"我当时认真地盯着他看了十秒钟，什么也没说就答应了。

平心而论，他们对我并不坏，就连不能同工同酬这事也没有遮着掩着。我心里当然不爽，但并不怨恨，委屈只是转瞬即逝。对我而言，起飞的平台远比那三百块钱来得重要。

做小孩子是无奈的，你根本无力抵抗成人世界的游戏规则。没关系，小孩子总会长大。今天的我，已经从当年的小孩变成了大人，所以，我只能以大人的身份对所有困惑、不甘的小朋友们说：职场不是你家，在职场获得酬劳、成长、经验、人脉是关键，至于友谊、温暖、家的感觉，那只是锦上添花，有没有其实都理所应当。

在工作中，我尽力善待每一个同事，那是因为这样做让我很愉快，而且我们也的确在工作中结下了"革命情谊"。可是，如果我只是按时给他们发工资、给他们更大的发挥空间，却高冷、不好接近、不会嘘寒问暖，不像某位领导那样，在员工流鼻血不止的时候送她去医院，这不意味着我是个坏人，只意味着我可能脾气古怪，或者，仅仅是因为我太忙了而已。

我发现很多读者都特"佛性"，都讲到了暖心的领导，如果这是你们在工作中最大的诉求，OK，也很好。但我认为，温暖是一个人应该具备的底色，可它绝不是一个团队、企业领导的首要任务。给年轻人提供机会、更好的发展空间，让他们过上有尊严的生活，带领大家一起创造出让自己满意、骄傲的作品才是最重要的。

每次有团队小朋友离职，我都会有特别大的挫败感，我会认为是我做得不够好，是因为我的成长比他们的成长慢了，没能给他们提供更大的舞台。但我绝不会纠结是因为自己冷漠、刻薄、做人有问题。

起步阶段，最大的痛苦在于绝大多数人没有办法跨越现实和梦想的差距，那么先面对现实，生存下来，然后"骑马找马"。

请注意，"骑马找马"不意味着你心猿意马、敷衍潦草。没有任何一个老板愿意让一个年轻人把自己的公司当作练兵场、中转站，每天意兴阑珊地只为寻找下一个更理想的地方，我也不愿意。"骑马找马"只是你的一个想法，但你的行动依然是认真、投入、积极的。你可以拒绝一份工作，可是一旦你接受了，请给予它百分之百的努力，这是职业道德。这是我一直以来的人生态度，面对任何事，你只有两种选择：不做，和使劲做。

一位读者说，她工作了五年，逐渐接受了自己是个平凡的人的事实。我不想用"平平淡淡才是真"这样的话来安慰大家，因为还没有经历过波澜壮阔就平平淡淡的话，有点冤。而且"平淡是真"是一个人经历一切、看透一切、累了、倦了之后，和自己和解的终极理由，听起来冠冕堂皇，但也无比治愈。

我只想对大家说，我们都是凡人，即便是一个再成功的人，夜深人静，直面自己内心的时刻，他也会心生惶恐：又一天过去了，没有人发现我只是个平庸的人。

真的，平庸、平凡是每个人的本质，所以努力才是必要的，所以机缘巧合才显得弥足珍贵。既然如此，跟自己和解、接受平凡的自己，这些形而上的感受，你交给时间吧。现在最好打起精神，干你该干的事儿。一场游戏你可以不参加、不玩，既然参与了，就玩它个昏天黑地才有意思。

关于职场生存法则，我能想到的注意事项有以下几点：

一、在一个团队中，任何人都可以被取代，所以你要尽量提高自己被取代的成本。

二、做一个靠谱的人。可以有性格，但不要任性，因为公司的上司、同事，不是你爸、你妈、你男朋友或女朋友，要撒娇请回家。

三、在你的尊严底线不被碰触的前提下，适度吃苦没问题，暂时吃点小亏也可以接受。

四、在挣扎求生的同时，不要被改变得面目全非，可以学会圆融，但不要圆滑。

有读者讲到自己被朋友出卖的事，我想说，如果碰到有人以这样下作的方式来向我打别人的小报告，我首先会重新审视面前这个人。放心，没有哪个老板会弱智到接受这样的方式。

人生的确不公平，每个人的起点、资质、机遇不同，可我相信天道酬勤。

最后我想说，小朋友们，别着急，现在你们弱小，但你们会长大的。还有大人们，千万别欺负小孩，没听说过吗，宁欺白头翁，莫欺少年穷。

当然，咱们谁都别欺负谁。

要孩子的理由只有一个

如何看待"不生育"正成为一种趋势？

最近几年，越来越多的人选择"不生育"，生育这件事，似乎渐渐从一个女性一生中的必选项，成为一个选择项。有人觉得一个人或者丁克也可以过得很好；当然也有人认为，有孩子的婚姻才是完整的。

鲁小胖觉得，不想要孩子的原因或许千差万别，但要孩子的理由应该只有一个。

小时候，我不知道长大以后想成为怎样的人，但我知道自己不想成为怎样的人。第一，长大以后，我不要穿难看的衣服；第二，我不要成为一个天天抱怨男人的女人。还好，到目前为止，我身上基本没有发生俗套的故事。可是我终归是个女人，两性间相濡以沫又彼此角力的宿命，谁也逃脱不了。

我一度不太在意自己的女性身份，尤其抗拒把一切问题都归于性别之争，可是时间最终会让人对某个群体产生认同和归属感，这份向心力仅仅是因为我们早晚都会面对相同的压力、困境和偏见，为别人发声，其实是在捍卫自己的生存空间。

按照英国王室的惯例，梅根产后几天就和哈里王子一起抱着新生婴儿和媒体见面，那几张照片让我吃了一惊，看她那鼓鼓的肚子，我几乎以为她还没有生呢，吃惊两秒钟以后又有些感动。每一位产妇都要经历一段漫长且不易的瘦身之旅，下了手术台就立刻恢复曼妙身材的也许有，但只属于传说中天生丽质的人吧。梅根也许是勇敢，也许是不得已，把这真实的一面展现在了世人面前。

身为女性，我松了一口气，也由衷地感激她用事实告诉所有人，生儿育女之后，身材有些走样是天经地义的。我会不会经历这些并不重要，但我需要知道我拥有这样的自由。而每一声对妈妈们不再年轻的身材的嘲讽，也是在挤压每一名女性的生存空间。

那天碰到一群低年级小学生，他们一直好奇地问我的年纪，我就实话实说了。他们特别吃惊地问我："老师，你比我妈妈还大，那你为什么还这么活泼？"他们用了一个很有意思的词：活泼。

我问他们："谁规定的？多大年纪才可以活泼？"

小朋友们仔细想了一会儿，达成共识——不管大人小孩都可以活泼。

原来我们是一点点地被驯化成某种样子的。你是女孩，所以你不可以怎样；你多大了，所以你应该怎样。成长是将教养和枷锁同时套在我们身上，而成熟就是需要我们用勇气和智慧，将束缚砸碎，只留下规范。

对于有些地方，我其实不太在意，比如如果我是空姐，被强制穿高跟鞋，我可能不会上纲上线，因为它终究没有超越我的底线。但是，也谢谢有更自由奔放的女性在探讨不穿高跟鞋的权利，因为每一次貌似激进的争论，都是在确保未来的女性可以拥有更多选择权。

之前我采访了西班牙导演奥里奥尔·保罗（Oriol Paulo），他四十多岁，穿牛仔裤、运动鞋，头发永远乱乱的，一副刚刚睡醒的样子。他很认真地恋爱，但是暂时不想结婚生孩子，他说他还拒绝长大。只是那么一瞬间，我有些羡慕男性。那个叫生物钟的东西，虽然也会嘀嗒嘀嗒地提醒他们，带给他们各种危机，但那声音一定没有女性听到的响亮、急迫。

人们都说孕育生命是一段神奇、美妙的过程，但附带的苛刻条件就是残酷且有限的时间。

要不要孩子实在是一个非常个人化的问题，我认识的人当中，有明确意愿不要孩子的只有两个人，其他无子女的个人或家庭，要么是因为时机未到，要么是因为时机已过。没有要孩子的原因千差万别，但要孩子的理由应该只有一个，不是传宗接代，不是养儿防老，更不是该要了就要一个，而仅仅是自己渴望经历这个过程，这是我能想到的最好的理由，很自我，但不自私。**生命的到来本就不由 TA 自己决定，那么真心渴望这个生命，是我认为的最好的带来生命的方式。**

我们绝大多数人都做不了革命者，但我们可以尽力守护自己的生活方式，以自己的节奏跳自己的舞步。至今我仍然不知道自己想成为怎样的人，只知道我不想成为怎样的人。我还是不想穿难看的衣服，最关键的是，我不要患得患失，失去自在、自信的能力。

那些特立独行的人后来都怎么样了？

那些特立独行的人后来都怎么样了？

王小波有一篇杂文叫《一只特立独行的猪》。文章里的那只猪没有接受人类安排好的命运，而是跳出围栏，去其他村子寻找自己想要的生活。

这个世界总会有一些人，和那只特立独行的猪一样，和生活死磕，拒绝主流，拒绝平庸。

但这样的选择是否适合大多数呢？鲁小胖分享了她的态度。

我中学的时候，读三毛读得如醉如痴。

三毛从小到大一路休学退学，反正不肯好好上学，也不去做什么朝九晚五的工作，言语之间对一切"正常"的求学、就业、着装都颇不以为然。她结婚不要花，礼物是骆驼头盖骨，言谈做派不按套路来。在我成长的年代，这一切显得那么跳脱、另类，这让我无比羡慕，我也想像她一样酷。有一阵，她对我影响颇大。她对日常生活的描述让我觉得奢侈的生活就应该被嘲笑，因为，三毛的沙发是用棺材板做的，家里的一切她都亲力亲为，她的首饰和服装都不贵，没有钻石、珍珠、名牌，只有一些充满异域风情的棉布长裙、银质的项链戒指。

那时候我想去她去的地方，想拥有她的自由，想和她一样帅、拥有笔直修长的双腿。我一直以为三毛式的特立独行是我的梦想。我慢慢长大，越来越了解自己。我是城市动物，只有生活在大城市才会如鱼得水，沙漠不适合我，在人烟罕至的地方我是会疯的。宽袍大袖也不是我的风格。按部就班地上学、工作是我完全可以接受的生活轨迹，我并不想挣脱这既有的道路去另辟蹊径。有一阵，我甚至暗暗欣赏、羡慕影视作品和杂志中打扮华美的女性，当然嘴上死不肯承认而已。

三十岁后，我终于气定神闲、理直气壮地明确了一点：生活中，我不介意在某些方面循规蹈矩、主流从众，可是那不意味着我会违背心意，被裹挟着按别人的指令和节奏生活。然后有一天，我惊恐地发现，不知不觉中我居然成了那头曾经让我爆笑不已的"特立独行的猪"。"惊恐"这个词其实远远不够，它还包括欣慰、骄傲、心酸、无奈、慌乱等无比复杂微妙的滋味。

多年前我采访一位老艺术家，她讲到自己一家三代同堂，日子普通、热闹、市井，然后看着我说了句当时我并不完全懂、但不知为什么觉得被震撼到、听来又有些刺耳的话。她说："人还是要结婚、成家、生儿育女，这样等你老了会觉得幸福。"现在我似乎明白了她当年的肺腑之言，老人家讲的对她来说没有错，但我相信，幸福以不同的形式存在着。等我到了她的年纪，我希望无论我是一个人、两个人，都可以是幸福愉快的。

我老了，如果孑然一人，会感到幸福吗？一个成熟、独立、单身、没有孩子的事业女性，将来会有幸福吗？我不知道。在所有的权利中，自由的代价是最高昂的。我为我的生活方式付出的，是孤独和周围审视的眼神，后者是我最近才意识到的。

我一直以为我近乎自闭地生活着，除了工作，我尽力和世界保持距离，世界也不会对我的生活感兴趣，更不会有意见。我有点天真。我没有按着大多数人的步伐走，有些自己的坚持，一不留神被生活推着，就成了今天的样子，貌似特立独行地生活着。偶尔高兴时会觉得自己还行、挺好的，而情绪低落的时候，我会觉得自己简直一无是处、凄惨无比。当然，事后一扬头一出门又是一条好汉，日子就这样一天天过去了。

特立独行的人必须坚强、神经大条、结实，因为这个世界是为身高、体重、样貌、智力、性格、健康状况差不多，成家立业、生儿育女的时间表也大同小异的大多数服务的。所有超出范围的人将承受身为少数派的不便与他人的审视、评判。可是那头猪在奋力越过栏杆的时候，才没有想过它要做一头不同寻常的猪，它只是想出去，仅此而已。

关于平凡和特立独行，我能想象不同公号写出的各具鸡汤风格、观点貌似迥然不同但实质相同的文章，也许还包括我这篇。标题估计是"特立独行的人生你值得拥有"或者"平凡的人生也有意义"一类的。这些文章都只说明一点：**生活本身就是意义，我们所能做的就是以我们会的方式尽力而已**。如果我要的一切在另一个村子，我只有奋力跳过栏杆，就像王小波笔下那头特立独行的猪一样。如果我碰巧喜欢在围栏里晒太阳、打盹、发呆、无所事事，那也没什么。

怎样都是一场人生，我的人生。

你坚持最久的一件事是什么？单身

习惯真的可以成为自然吗？

决定做一件事或许很容易，但长久地坚持一件事却着实难得，它考验的是一个人毅力和信念的上限。

对于鲁小胖来说，美食、祈祷、恋爱包含了她所坚持的一切。食物是因为喜欢才选择送入口中，爱更是情之所至的产物，从来不是因为习惯。

如果真有曲终人散的那一天，鲁小胖希望自己可以够本地说：这一生，我坚持最久并引以为傲的，就是爱和生活。

据说人的大脑构筑一条新的神经通道需要二十一天，所以人的行为重复二十一天就会形成习惯，而重复九十天以上就会形成稳定的习惯，也就是所谓的"坚持"。

"二十一天法则"似乎适用于生活的方方面面。我有朋友参加过为期二十一天的辟谷，结束后夫妻二人都清瘦了很多，估计所有衣服都需要重新置办。辟谷第七天的时候，我见过他们，他们家的阿姨那天做了蒸鱼和海南鸡饭，开饭的时候，一家人就坐在一旁深情地看着我们其他人吃。我于心不忍，不停地问他们："你们不吃点吗？"被另一个同行的朋友笑着制止了。我是真的搞不懂，饿了怎么办，馋了怎么办？习惯真的可以成为自然吗？

　　我的朋友 Helen，每天上班前花至少一个半小时化妆，挑选要穿的长裙、搭配的首饰，她精益求精的生活态度让我无比钦佩，但她的高度我实在无法企及。日常生活里我从不化妆，是一丁点都不化的那种，因为懒，更因为不会。反正我平常的打扮相当随意。夏天我的基本着装就是长长短短的牛仔裤加 T 恤，裙子大概只穿了两三回，身上一点配饰都没有。

　　有一天，我在 Helen 的店里玩儿，她的一个女顾客问我："鲁豫，你是在修行吗？所以什么首饰都不戴。"我赶忙摇头，心想我哪有这么不食人间烟火，我只是懒而已。

　　话说我真是个自控力超强、韧劲十足的人，对我来说，做或不做某件事，只要我想我愿意我高兴，那就是板上钉钉的事，天塌下来都改变不了。所以，论坚持，恐怕还真没人能比得过我。那我的坚持，又体现在哪些方面呢？这么多年，我一直有着差不多的体重，留着差不多的发型，身边差不多就那几个朋友，平日里只去差不多那几个地方。你说这是坚持也好，无趣也罢，反正我就是这样过我的日子。

待在舒适区如今似乎已经等同于固步自封，失去梦想、勇气、好奇心，可是在琐碎的生活中，我就是喜欢留在舒适区里。美食、祈祷、恋爱，我所有的坚持都包含在其中，的确是琐碎无比。比如每天早晨一睁眼，我要喝一大杯水，再喝咖啡，然后喝酸奶，总之先灌个水饱再说。反正我每天的生活方式基本一样，坚持了大半辈子。还有，我上辈子也许是花果山的猴子，反正如今一看到超市里水果柜台五颜六色的，我就满心欢喜。凡是水果我几乎都爱，而榴莲是我的最爱之一。可是每次饕餮之前，我都要抱着"必死"的决心，因为哪怕只吃一口，第二天也会上火，火势之猛烈，会让我恨不得以头抢地。但每次，只要有正宗的"猫山王"，我都会不顾一切地吃它个天翻地覆。之前在香港采访发哥，我就自杀式地吃了三大块顶级"猫山王"。这还是因为时间仓促，我吃东西慢，不习惯胡吞海塞，如果让我一个人慢悠悠地大快朵颐，干掉一整个没问题。管它呢，反正上的火总会下去。

至于祈祷，我没有宗教信仰，也抗拒一切试图改变我的思想和内心的外来力量，所以我绝对不会被洗脑。而代价就是不够圆融自如，遇事只能靠自己钻牛角尖、撞南墙、一点点生扛，置之死地而后生。这也是我的一种坚持吧。

至于爱，那应该是一种自然而然的本能，而不是慢慢养成的习惯。我希望你是因为爱我而熟悉我、习惯我，而不是因为习惯才有了爱。可是如果坚持可以形成习惯，那么需要爱一个人多久，才能确保这份爱会变成大脑中一条永远存在的神经通路？而且如果真是如此，那只要坚持相爱，养成习惯，就能天长地久——幸福的公式真的如此简单吗？

看了一部分读者留言，有些让我乐不可支，最逗的是说坚持最久的就是单身。我想说的是，碰到可嫁可娶、想嫁想娶的人，却依然选择待在"围城"外，这才是坚持单身。有人不相信婚姻，不适应、不喜欢婚姻的约束，这也没什么。但惨痛的事实常常是，一路走来，碰到爱情的机会越来越小，于是只好一个人好自为之。

还有一位读者的话让我有些伤感，TA 说坚持最久的就是爱自己，这话直扎我的痛处，因为爱自己好难啊。它需要你全然地接受自己，在周遭充满审视甚至敌意的目光中依然能够悠然自得地做自己，并且真心相信自己值得拥有一切爱和美好。而这一点，我还没有做到。

当然，我的坚持也有难能可贵的地方，**我坚持相信，坚持爱，坚持相信爱，这是我生活的勇气和支点。**生活艰难，我希望有一天曲终人散的时候我可以够本地说：这一生，我坚持最久并引以为傲的，就是爱和生活。

"有意思"和"有意义"的生活，应该过哪一种？

什么是对的生活状态？

现如今很多城市人的生活状态，其实是"无状态"。

"无状态"人群觉得生活缺少乐趣、事业没有目标、人生不知意义，他们在人生巷道里自怨自艾、自暴自弃、自生自灭。

但"无状态"也未尝不是一种状态。

在鲁小胖看来，按自己的心意，过自己的生活就好，哪怕这是所谓的"无状态"。

我发现一个真理，别人说好吃的东西十有八九不好吃，比如某鱼头泡饼、某蛋糕、某糖油饼，我一一认真"拔草"，然后拼命地翻白眼。还有，别人说好看的电影，我买票认真看了四十分钟，余下的时间如坐针毡。可是，我说好吃的东西一定好吃，我认为好看的电影一定好看，这不说明我比别人牛，只说明我的感受无可替代——对我而言。偏偏，我常常忽略自己的感受。

有一天，我把脚崴了，这纯属没事找事，活该。因为本来那天北京暴雨，我可以名正言顺、心安理得地宅在家中哪儿也不去，可是，我内心居然隐隐地内疚着。我不去工作，不走亲访友，不去看电影、爬山、购物，不做有意思、有意义的事，却窝在家里懒洋洋地过着日子，这怎么可以？一天没有走路了，怎么可以？内疚感爆棚的时候正是中午，雨停了，窗外干净、清凉。我犹豫了一下，毅然换上球鞋、运动服，到院子里跑步。地上湿湿的，但并没有积水，不影响跑步。大中午的院子里除了我只有两只野猫，它们并不躲我，只是静静地在远处看着我。我想，对它们而言，院子是它们的领地，而我是个闯入者。我慢跑着靠近它们，突然，其中一只白猫从我面前蹿过，我左脚一滑，重重崴了一下，人几乎跌倒。要不是我身轻如燕，那一刻我的脚没准就断了、肿了，而我只疼了那么几秒钟。

我慢慢活动左脚脚腕，确认没啥大事，居然没事人似的继续跑步。原因嘛，一是我的心有些时候的确大得吓人，最主要的是，我好不容易换衣服下楼，这也是耗费功夫的，不跑对不起自己。总之，在各种匪夷所思的理由之下，我竟然跑得大汗淋漓，觉得这样的生活才有意义。

到了晚上，左脚开始有感觉，不疼不肿，只是使不上劲。

我喷了一个朋友送的云南白药，第二天，脚腕没肿，只是走路的时候左脚瘸瘸地拖在身后。第三天，基本痊愈了。这件事再次说明，运动可能真的不适合我。至少，当我不想动、就想无所事事的时候，应该允许自己坦然地傻待在家里，没有意思、没有意义又怎样？

当年上语文课，我最抗拒的是总结段落大意与文章中心思想，觉得考卷的题目莫名其妙。我怎么能主观、片面地确定作者想表达的意思呢？而且我写的答案只是我的感受，别人凭什么决定那是对或者不对呢？这类思考贯穿我的整个学生时代，我永远不理解人们赞美荷花与梅花的高洁、坚忍，仅仅因为它们碰巧长在湖中、开在冬天。

还好，我碰到了伟大的语文老师。他告诉我们，语文教材中的很多文章要去粗取精、去伪存真地看，能应付考试就行了，那些不是优秀的文学。真正禁得起时间考验的文字，都是因为描写了恒久不变的人性。这句话，我永远记得。什么是恒久不变的人性？比如在不伤害他人的情况下在意自己的感受，比如无伤大雅地趋利避害，比如同情弱者、感同身受，当然还有爱。

然而，意气风发的话说说容易，做起来难。就比如"有意思"和"有意义"的生活，我应该过哪一种？二者很多时候不是一回事，"有意思"是我的标准，"有意义"则来自于公众的要求。想到这个问题，我的左脚好像又有些使不上劲了。

据说，如今很多城市人的生活状态，其实是"无状态"。

"无状态"人群觉得生活缺少乐趣，事业没有目标，人生不知意义，在人生巷道里自怨自艾，自暴自弃，自生自灭。还好我依然学习，虽然偶尔有些自怨自艾，但不自暴自弃，当然，时常忍不住悲观又赌气地想，大不了自生自灭呗。

怎样的生活状态才是"对"的呢？每天积极阳光，活力无限地微笑、奔跑、工作，从事各种体育、社会、文娱活动，双眼永远好奇地打量着世界，一天当两天过？

可这样的生活，不是我要的。我只想按我的状态，过我的日子，哪怕这是所谓的"无状态"。就像我家三毛在《这种家庭生活》的结尾处写的："我不愿去想它，明天醒来会在自己软软的床上，可以吃生力面，可以不做蛋糕，可以不再微笑，也可以尽情大笑，我没有什么要来深究的理由了。"

什么才是真正的自由生活？

理想中的自由生活是什么样子？

关于"自由"，有一种特别有趣的说法：当代女生财务自由分为六个阶段——奶茶自由、樱桃自由、口红自由、酒店自由、包包自由和购房自由。

问起身边人"自由"这个话题，大部分都表示，只有实现财务自由，才是真正的自由；而对于有些人来说，精神上的自由往往能带给他们更多快感。

什么才是真正的自由生活？鲁小胖也想聊聊这个话题。

七岁以前我住在上海，奶奶家离城隍庙特别近，走出院门，沿着石子路往右走，两百米长的弄堂尽头有一家小小的食品杂货店，柜台上有一排玻璃瓶，里面分别装着松子糖、话梅糖、橄榄。夏天的时候，门口地上还会放一个木箱子，上面盖着厚厚的棉被，那是个简易冰箱，里面放着赤豆冰棍和冰砖。每个月，爷爷领到了退休金，就会给我买半斤黑巧克力，一块块圆鼓鼓的，盛在纸袋里。这些就是我童年的人生梦想，于我而言，它们就是财富的象征。

我一心一意盼着长大，长大了我就可以工作、赚钱，想吃多少话梅、橄榄、巧克力随我高兴，那就是我的财务自由。三毛说，小孩子纯情，不理什么柴米油盐的，她说的是童年的爱恋，用它来讲一个孩子对金钱的态度也合适。

后来我离开上海，来到北京，对巧克力的喜爱仍然在，可我的注意力慢慢转向好看的连衣裙、牛仔裤。高中时，财务自由的定义又成了可以买得起两百元一双的耐克鞋；大学时，门槛被我提高到五百元，那是王府井一家北欧服装品牌专卖店里高领毛衣的价格。五百元啊，让我神往，又有些气馁。那么贵的毛衣，如果我永远买不起呢？我平生第一次对财富有了些切实的渴望，为了一件五百元的毛衣。后来我第一次听到"奶茶自由""樱桃自由""口红自由""酒店自由""包包自由"的时候，我笑了，那个笑特别复杂。

2000年前后，有将近一年，我几乎每天去仙踪林买一杯珍珠奶茶，第二年是麦当劳的香草奶昔，然后是金湖茶餐厅的香草红豆珍珠奶昔冰，它们都被我归于奶茶系列。在"丧心病狂"地每天狂喝奶茶的那段时间里，我天天欣欣雀跃地等待下午的时间。每次从店员手中接过奶茶的那一刻，人生真是无比满足。如果说怀念，我怀念的是那种无忧无虑的感觉。在我拥有"奶茶自由"的那几年里，我只是心满意足地咽下每一颗珍珠，自由不自由的，谁去关注？自由，只有在不自由的时候才会想起。

现在，我不怎么喝奶茶，除了工作，平常也不化妆。过去一年，我更是天天只背着一只硕大的TUMI的双肩背，那是朋友送的。

千万别说我是返璞归真、是物欲横流的世界里的一股清流，**热爱物质并不可耻，只要它在自己力所能及的范围之内**。我只是在经历人生的另一种阶段而已。最近我喜欢穿球鞋、牛仔裤、各种帽衫，觉得清爽、好看。这样的打扮只是一种风格，它不比爱马仕、香奈儿高尚。

我不喜欢在谈论钱的时候表现出对钱或者有钱人的不屑和蔑视。有钱人的原罪不是有钱，而是钱的来历。所以，一个人花自己辛苦赚来的干净钱，天经地义。清汤挂面还是穿金戴银看心情，仅此而已。它绝不是人生的某种宣言。

如今偶尔想起苏青说的"房间里每一颗钉子都是我买的，可是想想，又有什么意义呢"，会"心有戚戚焉"。可我还是觉得，一个人有能力一步步按自己的节奏，喝奶茶，涂口红，买路易威登和爱马仕的包，特好。当然，如果有个相爱的人，以各自的方式照顾彼此的人生，也好。再套用我家三毛的句型：

如果不爱，你给我买 Kelly 包我也不嫁；如果爱，你给我买 Birkin 我也嫁。对方也许会说，嫁来嫁去你都是要爱马仕，我会说，双肩背也行。

　　我还记得我花了四千元还是八千元港币买的第一个路易威登的 Speedy 包，我天天背，天天背，那种爱不释手的感觉，现在想来特让人怀念。钱有时候能带来快乐，那种快乐源于自给自足的骄傲。有个朋友说，人的生理需求是有限的，而心理需求是无限的。我同意。有钱时有人和你分享，没钱时有人为你分担，这是我能想到的终极财务自由。

人生不是独幕剧，再坏再好都会告一段落

明天的事明天再说，我不喜欢给自己提前加戏

当你预测到一件事可能没有结果，还会继续坚持吗？

43.75%的人表示"当然坚持"，@凝说，全力以赴后的风景，才配得上自己的执迷不悟；26.67%的人说会"果断放弃"，@铃兰认为，盲目坚持不一定能达到预期，不如完善自己，把握住自己想要的；还有29.58%的人认为，要分情况做出不同的选择。

鲁小胖如何看待这个问题呢？一起看看她的回答吧。

席琳·迪翁（Celine Dion）接受《你好！》（HELLO!）杂志采访的时候说，2009年她还在拉斯维加斯驻唱时，有一天上午，她睡眼惺忪地在厨房喝着咖啡，心神不宁。电话铃响起的那一刻，她几乎是飞扑过去接听的。来电话的是她的妇产科医生，

放下电话，席琳又哭又笑又喊。

在十一次（具体几次记不清，反正是很多次）失败的 IVF（试管婴儿、体外受精）之后，她终于如愿以偿。后来的故事是，她又有了一对双胞胎。我不是母亲，虽然无法完全体会，但是能够理解一个女人为了孕育生命而愿意忍受巨大的痛苦、风险和压力的做法。

当然席琳很幸运，她有钱，而时间和身体也最终眷顾了她。可是，假如她第十二次仍然不成功呢？她会试第十三次、第十四次吗？很多女性最终放弃不是因为预测到了未来，只是由于经济、身体和心理上无法再承受压力而已。我虽然没有经历过，但是我知道，那个过程不仅花费昂贵，而且痛苦无比。

小时候我爸跟我说，他的同事里很多老知识分子都是天才，而大凡天分高的人，都有些神神的不同于凡人的地方。比如有个英语专业出身的叔叔，"文革"期间百无聊赖，就计划偷着再学一门外语，方法是自学，选的是葡萄牙语还是世界语我忘了。他买了一本厚厚的字典，每天上厕所前就撕下几页，蹲坑期间迅速背完记住，然后将纸张用掉。那个画面我从小就不敢去深想，但结果是半年之后，一本字典用光，那门语言被他拿下。

小时候听这个故事觉得挺震撼的，现在当然有各种疑问——半年，从零基础到掌握一门语言根本不可能。但这个故事依然很酷。**我一直固执地相信，每天做一件事，并不为什么，就是持续不断地做，也无所谓结果，这本身就是意义。**

关于坚持和放弃二选一的话题，我无疑选择坚持。虽然坚持这个词在我人生的字典里根本不是个常用词，可是我生活中大大小小的经历很容易被人们归于坚持那一类。比如我做电视，从1993年开始至今；做《鲁豫有约》，从2002年开始至今。仅此两项，我自己都不好意思说我压根没有坚持。可事实上是，我能做，可以做，也喜欢做，又不具备其他的技能，就一直做下来了，就是这么简单。倘若我貌若天仙、嗓音清亮、歌声婉转，我也许会半路去演戏唱歌，但是我偏巧能力单一、兴趣单一，就一直专注这一件事，一做就是这么多年。

再看看我身边的人，几乎个个都是能扛能坚持的狠角色。我认识一个小林，从东北来北京闯荡了将近十五年。这期间他住地下室，做服务员，发小广告，赚学费生活费，去读书，学钢琴……这两年，他的生活有了很大起色，但他永远做不了郎朗。而十五年前的他倘若知道未来自己只能开一间小小的音乐教室，教小孩子们弹琴，虽然赚的钱够他一家三口在北京过上温暖有尊严的生活，但不可能像郎朗那样，今天和柏林爱乐合作，明天去参加美国的格莱美颁奖，他会依然坚持吗？

当然，所有的唯结果论本质上就是唯成功论，而我们目前对于成功的定义又太过简单粗暴，除了更快更高更强，其他的维度都不在话下。郎朗的人生当然精彩，但小林的人生也有意义。郎朗做不了小林，小林也未必希望成为郎朗。更何况，谁也不知道将来会怎样。而我，从不操心尚未发生的事情，何况已经发生的也未必就是终极结果。反正除了死亡，所有的将来都还有将来，明日之后还有明日。

"坚持"这个词貌似贯穿了我的人生，可它所串联的绝不是一个励志的故事，我只是以我唯一会的方式，一路磕磕绊绊，碰巧还算顺利地走到了今天。反正我不是刻意坚持，我只是不知道该如何放弃。也许我是个冷静但执着、理性又浪漫的理想主义者吧，我总是不死心。

小时候放学后和小朋友们疯玩，我总是舍不得先回家吃晚饭，永远是最后一个离场的。最后拎着沙包跳绳独自上楼回家的时候，心里多少会有些孤独和委屈，但我永远舍不得先走。情感上也是如此。就算明天分手，今天如果可以，请你们仍然继续相爱。谁知道呢？也许明天太阳都不会照常升起呢。反正日子一天天过，明天的事明天再说，我不喜欢给自己提前加戏。

年龄就是数字而已，无须骄傲也不必恐慌

女性如何面对年龄带来的焦虑？

上次的调查，问了一个很有趣的问题：如果能重新选择，你要做男生还是女生？

有 59% 的女孩想要变成男生，比如 @betty 不想忍受月经带来的激素变化；男生中也有 37% 的人选择想成为女生，@Tequila 希望自己可以像女孩一样合理地表达自己的情绪。

每种性别、每个年龄段都有自己的困境、焦虑和恐慌，鲁小胖也不例外。

我的转变发生在几年前，我开始意识到：一、我是女性；二、我是一名按年龄划分不再年轻的女性。而在此之前，我一直没有太强的性别意识，对年龄和年龄带来的束缚与焦虑通通无

感。当然，我也一直有意地与之划清界限，保持距离。很长时间，我对此颇感得意，心想所谓独立自主之新女性大抵如我吧。可是不知不觉某一天开始，凡是关于女性，特别是中年女性的话题，会随时触动我身上的警报系统，让我变得敏感、戒备、好斗。

以前的我无比"佛系"，至少外表如此，从不和任何人争论，从不表达自己，遇到离谱讨厌的人，我的反抗就是板脸、离开或者拉黑。清高倒未必，也不是因为怂，就是懒得争论。就像你永远无法说服并改变我一样，我也从不奢望改变任何人。我们各自坚信自己所相信的，井水不犯河水。然后，几乎一夜之间，我就发生了天翻地覆的改变。

有一天和几个年轻的朋友聊天，说起某个年龄超过四十的女演员，我在手机上正好看到一组这名女演员最新拍摄的性感大片，随口说："尺度够大的，有勇气。"

其中一个"90后"眼皮都没抬，甩了一句："老女人都这样。"

我能感到自己身上的刺立刻炸了起来，问他："哪样的？"

朋友毫不在意，嬉皮笑脸地说："我又没说你。"

"我就是对号入座怎么着吧。"我不依不饶。

我从前认为，我的问题只是我的问题，最烦动不动把一切都归结为女性的问题，同样，女性所面临的也未必就一定是我的问题。我认为这是我独立的思考，我不想被绑架，拒绝受害者心态。我还是太幼稚了。身为女性，同一时代女性所面临的困境，我们都将在某一时刻感受到，没有谁可以幸免。

海清 2019 年在 FIRST 青年电影展闭幕式上发表的所谓"女演员宣言"，引起了不小的风波。女演员到了一定年纪，选择角色的自主权就会减弱，好莱坞也一样。

如果我是女演员，面对困境，我有以下几个选择：

一、告别银幕，回归生活；

二、接受现实，退而求其次，对角色不再挑挑拣拣；

三、向妮可·基德曼（Nicole Kidman）和瑞茜·威瑟斯彭（Reese Witherspoon）学习，既然机会不再上门，那就联合起来，给自己和境遇相同的女性同行创造机会。

一和三都有可能是我的选择，我唯独不会考虑二，当然我不是女演员，而且我衣食不愁，所以我有可能站着说话不腰疼。残酷的现实是，绝大多数人不是妮可·基德曼，没有能力为自己量身打造一部《大小谎言》（*Big Little Lies*），对角色也没有挑挑拣拣的权利。人到中年，又没到停下来的时候，也许，经济上也有压力。那么，到什么山头唱什么歌，有角色就演，不管是大是小，也是一种洒脱的人生态度。

我的高中同学从国外回来，我约了她去胡同暴走，最近我特别喜欢走路，夏天在北京的烈日下暴晒，汗流浃背，特别爽。同学过去二十多年都生活在海外，相夫教子。她说每年回北京都有种"进城"的感觉，看什么都新鲜，在美团点了盒肉龙，都会幸福无边地发个朋友圈。她总是自嘲："我就是个过小日子的人，井底之蛙什么都不知道。"每次说完还会沉默片刻，然后心疼地看看我说："你要是累了，想过小日子了，就来找我。"

我知道，我们偶尔彼此羡慕，但又深陷各自的生活，无法也并不真的想挣脱，但她活得比我踏实，这一点毋庸置疑。她的女儿，一个大学一个高中，老公就是个勤勤恳恳的上班族，在一家不大的公司，多有成就感谈不上，但城市白领谁不是养家糊口，每天奔命呢？

同学的家在一个大学城里，房价相对那个国家的首都要便宜很多，所以他们拥有一所以他国标准来说相当宽敞的公寓，很简朴，但方便实用。她偶尔在朋友圈里晒当地美食、全家的短途旅行，自己每年至少回大北京省亲一次。如今她早已融入当地，语言流利、朋友众多，拥有着她的世界里大多数中年女性的生活状态，日子平淡，但不压抑、不委屈。

她的怡然自得，除了天性开朗之外，还在于外部环境相对健康。她生活的地方，当红的女演员、女歌手、女模特从二十岁到六十岁都有，最著名的女主持人已经八十多岁了。女性既用心保养自己，又大都选择自然老去。路上、咖啡馆里到处可见不再年轻但仍然充满魅力的中老年女性。各个年龄段都有自己的杂志封面女郎，那些杂志在报刊亭上和谐共存，我曾好奇地买过一本，封面女性目测"60后"，图没怎么修过，眼角的鱼尾纹清晰可见，就那么自然地呈现在那儿，看得我内心莫名充满了力量。

时间自然流淌，沿途风景当然改变，道理都懂，可我偶尔也会恐慌。我明白这一切的症结在哪里，我还是不够坚定，有时轻易地交出了定义自己和成功的权利。二十、三十、四十岁，**不同阶段的女性各有各的评价体系，我如果不再符合二三十岁的某个标准，天经地义。**

晚上在街边看到一群大姐大妈跳舞，我看了一会儿特别感动，她们拥有自己的评价体系，底气十足，只要不被投诉扰民，就可以兴致勃勃、挥汗如雨地一直跳下去，快乐享受，不在意周围的目光。估计我将来不会去跳广场舞，我看了看还挺难的，但我希望我永远拥有那种心气、活力和自由。

生活就是如此，终将让你拥抱自己的来处。

我是女人，一个四十多岁的女人，年纪的确就是数字而已，没什么需要骄傲的，当然更无须恐慌。

后话：本书出版时，我已是五十岁。没啥特别的感觉。

擅长与热爱

喜欢的和擅长的，你选哪个？

有的人幸运，喜欢做的事和擅长做的事刚好是同一样；有的人却没那么好命，擅长写作却钟爱画画，擅长做编辑却向往做记者……

如果碰到这样的情况，你会怎样选择？

鲁小胖说，没有谁会因为做一份工作而痛苦到死，也没有谁会因为干了喜欢的事而天天宛如身处天堂。但你如果能扛，能坚持，老天总会眷顾善良诚恳的孩子。

我一直觉得，几乎所有的天才都无比热爱自己的事业，事实也的确如此，比如郎朗热爱音乐，李安热爱电影，勒布朗·詹姆斯（LeBron James）热爱篮球。当然，每个故事的缘起各不相同，并不是每一段超凡脱俗的励志人生都是从热爱开始的。但是有一点我深信不疑，你只要足够擅长一件事，就会足够热爱一件事，这是迟早的事，因为老天绝不会允许任何人暴殄天物。

当然，我们都不属于那凤毛麟角的一小小小小部分天才人类，我们这一生注定就是不断怀疑、否定、寻找、肯定，再推翻自己的过程。

大概从四岁开始，我就知道我长大以后想学外语，说不上是因为擅长还是因为喜欢，反正我就那么顺理成章地考进大学外语系，然后做了个主持人。实话实说，我有两项能力算得上比较突出：语言能力和记忆力。但是，这两种能力和艺术才华、运动天分、与生俱来的领导风范完全无法相提并论。我顶多可以被划入有那么一点特长的普通人群里。如果要填表，我们绝大多数人都要在这个选项后面打钩。不过我还比较幸运，一直做着自己喜欢的工作。

即便是最相爱、最长久的夫妻，据说这一生中也会有一百次想离婚的冲动，我们和自己的工作也是如此，要么"相爱相杀"，要么因为必须、不得已而凑合，而最终成为一种习惯。**没有谁会因为做一份工作而痛苦到死，也没有谁会因为干了喜欢的事而天天宛如身处天堂。**当一切逐渐熟悉，幸福、痛苦的程度都会变弱。各位先不要批判我不够积极的人生观，我只是在指出一个生活的真相。

总结我的职业生涯，这几个词会不断地闪现：努力、热爱、自我否定、痛苦、快乐、纠结、恐惧、感恩、诚惶诚恐。我只知道我喜欢什么，可越来越不确信我擅长什么。但我固执地坚持独善其身，所以不愿意随意打破别人的梦想，也不愿意非常轻率地鼓励一个人去疯狂追梦。

《摩登家庭》（*Modern Family*）忘了是哪一季，第三集中，杰伊（Jay）和亚历克斯（Alex）有一段关于事业选择的对话很中肯。亚历克斯一直是个书呆子，但是最近对唱歌有了些兴趣，杰伊听她唱了两嗓子以后说："That was great, but stick to science. I'm not saying it's impossible, I'm just saying play the odds."（唱得还行，但还是搞你的科研吧。我没有说百分之百不可能，我只是希望你发挥优势。）

杰伊还谈到了自己喜欢的偶像，那个人喜欢骑摩托车，挑战各种高难度的特技。杰伊说："He was smart, he started a bussiness, got established. And when he could't kick the daredevil dream, he had a safety net, his business."（他很聪明。他自己创业，把生活安顿好，当他那个疯狂的梦想一直挥之不去时，最终他放手一搏，因为他有一张安全网，那就是他的工作。）他又劝亚历克斯："You've been on the science track for fifteen years, see it through. Build a foundation, if in a couple of years, you still have the singing bug, then go for it."（你做你的科研有十五年了，干到底吧。打下个基础，如果几年以后你还想唱歌，到时候你再去争取一下，放手一搏吧。）

我曾经采访过一位在北京电影制片厂门口等群演机会的北漂，当年他三十岁左右，但头发已经稀疏了，生活的艰辛、窘迫清清楚楚地写在他的脸上。我当时很想对他讲，你醒醒吧，你一定不会成为第二个王宝强，你应该去打工，先在北京安顿下来，再慢慢地给自己打造一段普通但温暖的人生。但是我知道他什么都听不进，只是一往情深地陷在对自己深深的误解当中，那就是，他一定会成为下一个成龙或者李连杰。

这是最糟糕的一种组合，喜欢着一件自己完全不胜任的事，这就像痴迷的单恋一样，只是令人绝望。这么多年过去了，也不知道他在哪儿，我希望无论怎样，他都可以拥有平凡但真实的生活。但实话实说，我对此并不乐观。

所谓平凡就是梦想大于能力，所以追梦的过程永远荆棘丛生，苦乐参半。人这一生，总要追一次梦，就像总要爱一次一样。最终，如果梦想和生活只能二选一，今天的我，会选择生活。在需要做出这个抉择之前，我还是一如既往地一往无前，不到山穷水尽，不会随意变换跑道。我相信，老天总是会眷顾诚恳努力的孩子，每每山重水复之时，总会柳暗花明。

如何度过让人觉得筋疲力尽的时刻?

哪一刻让你觉得"没力气了"?

人生总有很多不如意的时刻,有时你打起精神迎难而上,可有时好像用尽力气,也没能迎来好的结果。

@徐风在爱情被消磨殆尽之后,结束了七年的婚姻;@野丫头和妈妈起了争执,妈妈的一句话让她瞬间崩溃;@彩虹的女朋友被骗进了传销窝点……

如何度过这些让人觉得筋疲力尽的时刻?看看鲁小胖怎么说吧。

三毛喜欢在傍晚时分散步,这也是我夏天特喜欢干的事。只要有时间,我就会约朋友在烈日稍稍褪去的时候,从京广中心一直走到东四那些老北京胡同再回来。路上有热闹的菜市场,我们就去买个平谷大桃，或者打包肉皮冻拎回家。买了桃，我们在路边用矿泉水稍微冲洗一下，一路边啃边接着走。其实我们这种走法叫"暴走"更合适，因为每次回到家，不仅T恤像水洗过一般，就连身上背的书包的带子都是湿漉漉的，计步器里显示一万多步是稀松平常的事。

倘若突然空闲了，但只有一个人，我会在夜幕降临之后从三里屯走回家，距离不远，大概六千步。七点左右，正是三里屯最热闹的时候，目光所及之处，每一个人似乎都兴高采烈。就像某天晚上：

有两个胖胖的女孩走在我前边，她们手拉手有说有笑，另一只手里一人各举一杯巨大的奶茶；

三里屯优衣库前还有几个摄影爱好者长枪短炮地捕捉着下一个目标；

路边有一个男孩正对着手机直播，我好奇地看了他好一会儿；

有一对貌似高中生的小情侣靠在一辆电动车上紧紧地抱着……

我一路微笑。

我的路线要穿过三里屯酒吧街，这需要一些勇气。

每家酒吧门口都会有个男孩招揽生意，我总是压低帽檐低头匆匆走过，男孩们的样貌表情一概不知，只能听到他们或热情或暧昧的邀请："进去坐会儿啊？"

在我眼里，路上的每一个人都热火朝天、无忧无虑地生活着。而在路人的眼里，在这些酒吧男孩的眼里，我大约也是轻松愉快的。

可是谁知道呢，就像读者留言里的那些故事：

结婚七年，离了；

夜深人静，独自带着两个生病的娃；

一个人没房、没工作、没男朋友，工资还被拖欠着；

高考落榜，只能复读；

男友或女友把自己删了、甩了；

……

这些用只言片语就能总结出来，但件件扎心的事，主人公没准就是那两名胖胖的女孩、爱摄影的大哥、直播的男孩，或者在酒吧工作的小伙子吧。那些被生活打败、筋疲力尽的人们，不只生活在网络上，还时不时地出现在街边路上，也许就是你和我。

余华写许三观发现自己的血卖不出去，于是浑浊的眼泪涌出眼眶，沿着两侧的脸颊唰唰地流，他无声地哭着向前走，街上的人都站住脚，看着他无声地哭着走过去，那一刻的许三观没了力气。

一位相识多年但久未联系的女友突然微信我，问我能不能送一本《偶遇》给她的妹妹。女孩因为情伤患上重度抑郁，情况我大致了解，于是赶紧忐忑地写了句鼓励的话，将书寄到女孩所在的城市，仍然不放心，再微信女友"要去看医生，要吃药，要有人陪伴"。半年过去，有一天晚上我还是接到了噩耗，我盯着手机上那短短几行字，心狂跳不止，那是一个被生活逼到绝境、失去还手之力的人。

女友说感激我的书、我的话，温暖陪伴了她妹妹，可这让我愈发难过，语言和文字有时候没有一丁点用。怪就怪这世上"许三多"少见，但谁都会经历一段"许三观 moment（时刻）"。这个词，我是借用"a kodak moment"，柯达时刻。出处是从前柯达胶卷的电视广告，现在想来那些广告无比洗脑，却无比治愈，画面里永远是幸福无边、美丽富足、岁月静好的一家人。相对于"kodak moment"，生活里当然有"许三观 moment"。

我身边有相熟的大龄单身女性朋友，一路名校留学精英过来，但最近突然失业在家，她说心里很慌，也常常反思，怎么一手好牌就打成了今天这个样子。我还认识一位职场女金领，她的父亲已经失智，年迈的母亲有躁郁症，而她自己则严重焦虑。可是每天在崩溃之后，她还要光鲜靓丽地飞来飞去，也谈着恋爱，却又天天对我抱怨对方是渣男，换作是我，早已溃不成军了。

上次去青岛拍摄青少年足球夏令营，见到一群晒得黑黑、笑容灿烂的足球少年少女，也见到了曾经被捧上神坛又重重摔下的董方卓。按我看到的关于他的报道，如今的他应该是潦倒、颓废、彻底放飞、放弃自己的，可我见到的是一个完全不同的董方卓。

人是毋庸置疑的胖了，即便是天才，也的确早已归于平淡，但讲起从前，他的语气诚恳、平静、不卑不亢。至于痛苦、失落，当然曾经有过，如今也多少依然心有不甘。不过，和孩子们在一起，他总是满脸的笑意，绝不悲情。说来，那些"伤仲永"的戏码有时的确是旁观者自己加的。

　　至于我，很少讲自己的故事，总是在文章里"出卖"朋友，但有一点，我当然也经历过"许三观 moment"，可是和生活周旋久了之后，我内心淡定了许多。我知道，只要咬牙熬过一个又一个"许三观 moment"就好，即便我等到的不一定是"kodak moment"，那又怎样？至少我会有很多个傍晚，可以混在熙来攘往的人群中，步履轻松，这就够了。

你曾幻想过另外一种人生吗?

你曾幻想过另外一种人生吗?

和越多的人聊天,就越发现,生活是一门遗憾的艺术,并不是每个人都能按照自己的心意而活。如果一切可以重来,你又会选择怎样的人生呢?

鲁小胖说:"仍在幻想的各位,请继续幻想吧。幻想是现实的调味剂,但仅仅是调味剂。"

她又扎心了。

我不知道是该绝望还是骄傲,因为我百分之百地确定,我是那种无比坚定,可能也是极端无趣的个别人。什么另外一种人生,从来跟我没有任何关系。因为我从没有羡慕或者渴望过生活的另一种可能性,哪怕过往岁月里我灰头土脸垂头丧气,甚至一潭死水，我也没有想过"what if（倘若……怎么办）"。我只要我的人生，这算不算是敝帚自珍呢？

最近我读了芦苇和王天兵的《电影编剧的秘密》，好久没有这么愉快的阅读体验了。我用了大半天的时间一口气读完，很有收获。芦苇说："拍电影首先要搞清一点，这将是一部什么类型的电影，因为不同的类型片有不同的结构、不同的拍法，观众也会有不同的期待。"我深以为是。生活也是这样。

小时候，我们多半希望自己的人生是一部言情偶像剧、励志青春片、成功人物传记片，这种情绪引导下的人生剧情，必然充斥着忙乱、困惑、求而不得后的痛苦失落，甚至自暴自弃。还好，我是个无聊的另类，我一直认为我的人生就是一部纪录片，不沉闷，但也没有惊涛骇浪，于是我的生活也大抵如此。

日子过得乱七八糟的时候，十有八九是因为没想明白要什么，又桩桩件件都舍不下，于是把一部人生大片拍烂了，演砸了。生活其实就是求仁得仁，所以亦复何怨。你想要什么，真的要想好了再要，因为每一样东西都有代价。

我其实也想过离开，去过所谓另一种人生。我想过去美国的缅因州，在一个海边小镇生活，英国剑桥的乡村也行，幻想目的地还包括东京和纽约。目的地的选择完全取决于我当时正看哪部英剧美剧日剧：选缅因州是因为《女作家与谋杀案》（*Murder, She Wrote*），选英国乡村是因为《骇人命案事件簿》（*Midsummer Murders*），选东京则是因为松重丰的《孤独的美食家》。我也设想过每一个城市的居住环境，在缅因州和剑桥一定是那种海边、路边的小房子，在东京和纽约的话就住公寓。我甚至想好了出门要骑车还是坐地铁，但所有的设计遭遇终极问题时，就会自然而然地无疾而终。这个问题就是：我每天做什么呢？

之所以想离开自己的轨道，变换生活场景，是因为明白当时间一时半会儿过不去，问题解决不了，那只有离开，让空间加速生命进程，让改变与结果尽快到来。可是从小到大，我的每一寸肌肤、每一个细胞，早已习惯了充实的日子，闲云野鹤该怎么办，我不会。

大学时，外教上课讲到一个词组"hanging around and doing nothing（无所事事）"，要我们造句，我们全班异口同声："We are not good at hanging around and doing nothing.（我们不擅长无所事事。）"每天在缅因州海边宁静的小渔村骑车，车筐里放一捧鲜花水果，那画面矫情但是优美，真想实现也不难，问题是我能坚持几天呢？锁上自行车，把鲜花水果拿进房门之后，我该如何去打发时光呢？

不用工作，不用被人品头论足，当然无比轻松，可我是劳碌命，也没有特别的才艺和精致的生活态度，除了让工作和日常一件件平凡琐碎的事情牵绊着我，我想不出其他方式让我的生活变得充实而有意义。

不是只有男人才会痛苦于白玫瑰红玫瑰的选择，每个人很长时间都会纠结于梦想和现实、甘心与不甘心，现有的生活分分钟变成"蚊子血"、"饭粘子"，而那想过但没试过的生活，就是"明月光"和"朱砂痣"。我也许有过这样的阶段，但印象模糊了。至少我总算熬完了那困惑、怯懦、顾全大局却忽略自己的尴尬阶段。敝帚自珍才是人生要义，和眼前人过踏实的日子，或者一个人守住自己，不退而求其次，就是一切。

其实，对另一种生活的渴望，更多是源于对当下的失望，却又欠缺改变的动力和能力。绝大多数人恐怕终其一生都会活在对现实不满，却又因为习惯而不愿、不能也不想改变什么，只是偶尔抱怨两句，幻想其他可能性，撒撒娇的状态里。因为想改变的人早就离家去了大城市，早就辞掉不喜欢的工作，早就已经表白，早就去尝试在别人看来另类的生活选择了，比如当潜水员、调酒师、群众演员，学插花……

仍在幻想的各位，请继续幻想吧。**幻想是现实的调味剂，但仅仅是调味剂。**

魔力红乐队（Maroon 5）在《迷失的星星》（*Lost Stars*）里面唱道：

Please don't see,

just a boy caught up in dreams and fantasies.

Please see me,

reaching out for someone I can't see.

（不要只看到，

一个沉湎在梦与幻想里的男孩。

请看到我，

正努力去碰触那些我看不到的人。）

在这首歌里我听到的是痛苦迷茫的爱情和青春，也听到了梦想与幻想碰撞碎裂的声音。他们还唱道：

And God, tell us the reason,

youth is wasted on the young.

（神啊，告诉我们原因，

为何年少总在轻狂中虚度。）

因为青春总是被挥霍掉的，现实总是不尽如人意的，但 we are all lost stars, trying to light up the dark（我们都是迷失的星星，依旧企图把夜空照亮）。

人生不是独幕剧

什么东西是你曾经忽视现在珍视的？

有人试图摆脱家人的管束，可真的逃脱了，才意识到，曾经每天的那声问候有多重要。

也有人忽略了自己的感受，直到很久以后，才想回过头来安慰一下那个年轻时的自己。

鲁小胖说，错过、忽略、遗憾将贯穿我们的一生，但再坏再好的情节都会告一段落，独立成章。

而现在，离剧终还早。

某天晚上，我看了一部 BBC 纪录片：《女爵印象》（*Nothing Like a Dame*）。朱迪·丹奇（Judi Dench）、玛吉·史密斯（Maggie Smith）、琼·普莱怀特（Joan Plowright）、艾琳·阿特金斯（Eileen

Atkins），四位当时分别为八十六、八十六、九十一、八十六岁的英国国宝级女演员，在某个阴雨的午后，聚在一幢英国乡村小屋里，回忆、吐槽，聊彼此六十多年的演艺生涯，我觉得好看死了，而且无比感动。

其中琼是劳伦斯·奥利弗（Laurence Olivier）的遗孀，但我一直和很多影迷一样，一厢情愿地认为费雯丽（Vivien Leigh）和劳伦斯才是纠缠一生的冤家爱人。琼丰满、甜美、长相并不美艳，她和劳伦斯相伴二十八年，生了三个孩子。我认为他们在一起是幸福的，这种幸福一定足以补偿几十年来她不断听到人们感慨她的老公和别的女人才是挚爱。换作是我，会气得吐血吗？多半也不会。别人的看法和自己其实没啥关系。

艾琳在将近七十岁那年，和著名影星科林·法瑞尔（Colin Farrell）合作。影片拍摄期间，只有二十八岁的科林曾经跑到艾琳酒店的房间里为她读书，向她求爱，还曾经躺到她的床上。艾琳说她最终拒绝了科林，但那件小事帮她更容易地度过那段历史性的转折期，也就是七十岁的时刻。这件事也被英国杂志《老骨头》（The Oldie）评为当年的"年度闭门羹（Refusenik of the Year）"。哈，拒绝科林·法瑞尔，挺励志的。

影片的最后，四个老太太分别对年轻时的自己说了一句话，玛吉说："When in doubt, don't.（别怀疑。）"我瞬间泪崩。而最能触动我的恰恰是没有人提到遗憾、错过、当初应该怎样怎样之类的话题。

她们当然做过傻事，否则朱迪不会对年轻时的自己说"Don't fall in love so easily（别那么轻易坠入爱河）"。可是她们对过往岁月没有纠结，我想这不仅仅是因为耄耋之年的人已经看透人生，还在于她们在各自人生的不同阶段，都按照自己的优先项，尽情、尽兴、尽力了。哪怕时过境迁，优先项发生改变，也没什么遗憾，因为你当初做的就是当时想做的呀。我想到这部纪录片的原因正在于此。

　　我不是一个爱怀旧的人。已经发生的都过去了，快乐也好，痛苦也罢，对今天的生活早已没有影响。我不怎么回忆还有一个原因，就是我记忆力这么好的人，对于从前的一切却总是记不太清。童年、学生时代，即便是电视生涯的起步成长阶段，一切都是模糊的，也不知为什么。

　　我的学生时代，优先项简单明了。我不是学霸，只是尽可能地应对小升初、中考、高考，每一次都压力巨大，但总算有惊无险，一路基本顺利。学生时代的优先项其实没的选。一个小孩子，哪有能力和资格决定自己的人生。我已经够倔了，也只能暗暗地在我被安排好的人生道路上小小地抗争而已。比如教科书上的范文，我在心里偷偷地鄙视；比如从来不好好学数理化，因为没兴趣；再比如，总是不太明白上课为什么要坐得笔直，也不懂老师给我的学期评语里总会出现的一句让小孩子莫名其妙的话——"群众关系有待提高"到底是什么意思，我也不在意。没选上三好学生也无所谓。

现在想来，当时我的信念不过是小孩子本能的一口气。小小年纪的我大概知道自己要什么、未来的人生会是怎样，也深知做小孩子是无可奈何的，只有静等长大以后主宰自己的人生，而眼下只能遵守成年人定下的游戏规则，首要任务就是完成学业。

求学的岁月带给我的后遗症就是至今抗拒一切被规定要完成的学习任务。曾经上过某管理类的课程，因为不能忍受写作业、考试，就退了学，当然拿不到毕业证书。而每次想再学一门外语，等到要去报名时，都会因为担心诸如上课、测验而不了了之。

至于过去这么多年的电视生涯，我的优先项简单清晰，那就是工作工作再工作。我不觉得自己是劳模工作狂，但在相当长的一段时间里，除了工作，我的确没有生活，直到今天我都不认为自己会生活。偶尔我也会抱怨，但从不会假设自己可以有更好的人生。因为即便让我重新再来，我仍然会走同样的路，当然会更谨慎低调，也会更坚持勇敢。但除此之外，我不会去改变什么。

从二十岁到现在，我本能地按照自己的意愿为人生排序，其间当然错失了很多温馨的生活。这些生活如今对我来说无比珍贵，可是我决不会以今天的标准去纠结当年的选择。那时的我就该拼命工作，苦中作乐，为此错过的、忽略的、失去的，也只能如此。工作、奋斗、挣钱不比亲情、友情、爱情庸俗，同样，一心一意维护自己微不足道的平凡生活，和创业、追梦一样伟大，只是不同阶段的人生排序不同而已。

人生的残酷，在于错过、忽略、遗憾将贯穿我们的一生。回顾各自的人生，或短或长，每个人总会在某个脆弱时刻痛心疾首地想，曾经打糊了一手还不错的牌。还好，我知道人生这出悲喜剧至少不是独幕剧，再坏再好的情节都会告一段落，独立成章。我们还有第二幕、第三幕，总可以尽力让人生大戏按照自己的意愿尽可能朝好的方向发展。

When in doubt, don't. 因为离剧终还早。

只要活着，总有翻盘的机会

失去什么会让你感到崩溃？

奥古斯丁曾在《忏悔录》里写道："任何人，凡痴爱凡物，都是痛苦的，一旦丧失，就会心痛欲裂。"

我们好像总会因为失去一些东西而感到心痛、难过，甚至崩溃。但鲁小胖认为，那些我们以为失去了就活不下去的东西，其实并不足以摧垮我们。她相信，只要活着，总有翻盘的机会。

一天我心血来潮收拾东西，把所有抽屉都翻了个遍，有一个很多年都没打开过的手表盒，塞在摆满了零七八碎的抽屉的最深处。我犹豫了一会儿，把它从一堆缠在一起的"淘宝风"浓郁的手链、项链、钥匙链中揪出来，又想了想，打开了硕大的手表盒。里面居然躺着一只我以为早就丢了的手表，白色的，陶瓷表面，当年我几乎天天戴，特别喜欢，然后有一天，它神秘失踪。我当时特别礼貌地问了在家里干活的刘阿姨，害得她老大不高兴，吓得我不敢再问。一晃至少十年过去，这只表居然神奇地出现在我面前。原来有一种幸福，叫作"失而复得"。

"失去什么会让我崩溃"这个问题，本身就足够令我沮丧甚至恐惧。我是个极端悲观、容易自我暗示，然后深陷某种负面情绪不能自拔的人，换句话说，"内心戏"特别丰富。我有一个终极恐惧，那就是也许我会失去——具体是什么不知道，总之是我珍视的一切人、事、情感。

这种无来由但无比真实的恐惧，从我懂事开始就如影随形。深层次的原因估计是缺乏安全感、自我认知低，为什么会这样我也不知道。虽然明白自己的逻辑极其荒谬，可我仍然抑制不住地认为，也许我只有变得更好，才值得拥有，才会拥有，才不会失去。

我的朋友Linda说，她认识一名天才厨师，法国人，因为家庭变故，从小缺少父母关爱，天性敏感脆弱，加上才华横溢的人特有的偏执神经质，他成年后几乎无法拥有正常的爱情，越是美好的时候，他越是"作"。Linda分析说，那是因为在这个法国人心里，反正一切美好都不会长久，还不如提前将美好打碎，让最坏的结果尽早发生，大家都踏实。这种逻辑看似荒谬，但我觉得Linda分析得很对。对这个法国厨师来说，他的人生一直支离破碎，所以才会不断地失去，他不是因为失去才崩溃，而是因为崩溃才失去。

其实失去一次，失去一个人、一部分生活、一次机会、一段情感，不足以摧垮一个人。可是，**当你失去一切的源头，失去喜怒哀乐的根源，失去生活的动力与对生命的渴望，这才是致命的，足以让人崩溃。**

还有一个朋友，刚刚摆脱困扰许久的法律纠纷，成功全身而退。最难的时候，他对家人说："名誉什么的，有没有、好不好，也无所谓吧，只要我们关起门来过日子过得幸福就行了。"这句话给我特别大的启发。

有一些我们以为失去了就活不下去的东西，其实并不足以摧垮我们。有一对朋友，相恋近十年，虽然最后五年彼此纠缠，感情早已食之无味，可真正分手时还是肝肠寸断。他们沉寂了一段，又各自开始了新生活。

所谓崩溃，很多时候只是一种文学的表述方式。所有的痛苦、撕心裂肺都是可治愈的，是暂时的，是不论时间长短，只要咬牙就一定会度过的一段艰难岁月。所以只要活着，总有翻盘的机会。

有时候想想，做一个悲观的人挺好，比如我。我几乎每天都会稍稍崩溃一下，可是人生无论多艰难，我总能保持良好的姿态，绝不会溃不成军。我失去过，但没有崩溃过。我当然也希望自己不会失去现在珍惜的一切，但我心里明白，如果失去了，我依然可以咬牙静等天亮。

毕竟，郝思嘉在《飘》里曾经说过："Tomorrow is another day.（来日方长。）"

关于"人生清零"

你有哪些人生清零的时刻？

这个世界，每天都有人在清理自己的人生。可能是辞掉一份稳定的工作，去遥远的小镇过一种从未经历的生活；可能是结束一段多年的恋情；可能是与至亲至爱阴阳两隔，不得不重新建立新的人生。

做出这些决定时，你的心情是怎样的呢？

鲁小胖想聊聊，那些人生清零重来的时刻。

关于人生清零的话题，实在于我心有戚戚焉。我对生活永远抱有最坚定的信念、最深切的希望，但随时做最坏的准备。这可不叫"大不了从头再来"，我没这么底气十足，也不敢和命运叫板，这是一种"实在不行了只能从头再来"的态度。可是，这种态度并不丢人，它和我的风格一脉相承，那就是：我有多脆弱，就有多坚强。反之亦然。

话说我的朋友 Cindy 恋爱了，男友比她小两岁，这在如今也算不上是姐弟恋吧。可是大两岁，人生的确多了很多经历，当然，好坏参半。男友心态平和，他说，你的过去和我无关，现在你爱的是我。这话让 Cindy 无比感动，对从前被自己称之为"黑历史"的包袱稍稍释怀。当然，没有谁的过往是一张白纸，只是身后跟随的影子长短不同罢了。Cindy 和男友一起时是焕然一新的，过去的伤痛、错误，在她人生重启的那一刻，都被放下了。

我的朋友 A 生了二胎，是双胞胎，还是龙凤胎。想象她家里三个孩子，三岁的老大上蹿下跳，两个小婴儿除了哭就是睡觉和吃，我摸摸自己平坦的肚子，有羡慕，也有疲惫与无力。尿布、吸奶器、喝不完的月子汤、仍然要处理的工作电话，日子无比充实而凌乱，我想想都会呼吸急促，可她就那么"母仪天下"地瘫坐在沙发上，笑意盈盈地看着我，一切尽在掌控中的样子，云淡风轻的。对 A 而言，开始一段新旅程，就和长假过后收拾心情重新开始上班没什么区别。我的朋友们，的确都是各界牛人。

还有一个朋友 T，人生也刚刚翻开新一页。他接了部大 IP 电视剧，虽然只是个小角色，勉强活了两集，但他要求自己一个月内变成巨石强森的样子，还要十八般武艺样样看得过去。

所以，眼下这个月，他正如火如荼地每天十几个小时，每周七天，近乎全封闭式地进行魔鬼训练。他偶尔在我们一个群里吐个泡，晒晒自己满手的血泡、肿胀的膝盖。值不值的问题他并不在意。

别人的人生，我们常常看不懂。可是我知道，每一次的重启，在新天新地的背后，都有不为人知、无法言语的迫不得已，因为山重水复疑无路的一刻，未必一定迎来柳暗花明。可换作是我，也会一次又一次，义无反顾地把过去清零吧。

其实，我天天都在清零。别误会，我的人生绝不是一本鸡汤励志读物。恰恰相反，以我纠结、悲观的性格，如果我不相信人生可以有再来一次的机会，我会天天被沮丧、不满、恐惧、失望吞噬。因为我觉得自己常常犯错，比如在爱情中，我似乎不够体贴，不够勇敢；对朋友，我常常不够周到；工作中、生活中我尽力了，但还是慌慌张张、怕东怕西。

这样的自我怀疑时常折磨着我。还好，早晨醒来，我总感觉自己又是一条好汉。就算带着搞砸了的沮丧、焦虑睡去，天亮睁开双眼的一刻，厚重的窗帘把清晨的阳光挡在窗外，屋里仍然一片昏暗，可是属于白天的活力和希望还是会从门窗的缝隙中渗进来，充满暗幽幽的房间。再丧的人，在这一刻，心底也会生出一种叫作"希望"的东西，这是人性，是生命的本能。所以，在这一早知道结局、过程又总是无比艰辛的人生里，我们还能体会到幸福、快乐，拥有成长、经验和无比可贵的记忆。

值得纪念的，自然留存。而有些不堪的过往，有一天会在新生活的反衬下变得苍白、无关痛痒，甚至陌生得让人惶恐，仿佛它从来没有发生过。还好我性格当中有坚强、柔韧、纯真的那一面，它能确保我即便前一晚在追悔莫及中沉沉睡去，第二天早上总会被某种力量从床上拽起。

对我来说，每做一期新节目，和亲人共同经历一场考验，都是我清零重启的时刻。失恋、失婚、失业、失去亲人朋友，每一次遭遇重创后，只要还活着，就是我们清零重启的时刻。我想只有这样，生命才能继续，生活才有意义。

在自己和世界之间，寻找最大公约数

这个世界上是否存在真正的感同身受？

这世上存在真正的感同身受吗？

相关问题调查中，近70%的读者认为"感同身受"并不存在，@阿欣说，针扎在谁身上，谁才会觉得有多痛。但也有22%的网友认为"感同身受"是存在的，只是比较稀有。

鲁小胖认为，我们无法对另一个生命做到感同身受，可这并不重要。因为我们还拥有另一些理性又温暖的东西。

高中时有一天课间，两个同学因为什么事开始抬杠，杠着杠着，其中一个人就急了，脸涨得通红，愤而甩出一句："子非鱼，焉知鱼之乐！"另外一个同学一脸坏笑，不紧不慢地怼了一句："你不是我，焉知我不知鱼之乐！"大家哄笑。还好，关键时刻上课铃打响了，否则这个句型可以长江大河无休无止地演绎下去。

子非鱼也非我，除了自己，你什么也不知道。当然我也不是你，你知道不知道，我也不知道。好吧，这样的话扯下去，颇有美国前国防部长唐纳德·拉姆斯菲尔德（Donald Rumsfeld）的风格。反正除了自己的喜怒哀乐、冷暖疼痛，我们的确无法对另一个生命做到感同身受。人总是孤独的，这不仅仅因为我们的到来、离开都是孑然一身，还因为归根到底，我们只能快乐自己的快乐，流自己的泪。可是这又有什么关系呢？感同身受本来也没那么重要。

小时候我只要一发烧，第一天一定请假在家平躺一整天，难受没力气，不想吃东西。我爸或我妈中午会从单位赶回来看看我，给我做饭，可我高烧根本没胃口，常常是我爸自己做个面什么的，在一旁吃得有滋有味，以至于让我暂时忘记自己胃里正翻江倒海，会饶有兴致地看着他吃。有一次我忍不住问他："爸，你怎么能吃得这么香，你不觉得恶心吗？"

那时也是夏天，我爸吃得大汗淋漓，把一大碗油汪汪的扁豆炒面冲我晃了晃："你尝尝，可好吃了。"我匪夷所思地看着我爸，完全不明白那么油的东西他怎么吃得下。我嫌弃地看着那碗面的时候完全忘记了，就在发烧前的一天，同样的面，同样的碗，我吃了一碗半。当我觉得恶心的时候，全世界似乎都是没有胃口的。即便最亲密的父女，也无法体会彼此身体中承受与感知的一切，可那又怎样呢？

某天我和一群十岁大的小朋友待了一下午，有个戴眼镜的小男生因为铅笔被同桌弄断而痛哭不止，我拍拍他的脑袋，说了一些温暖开导的话，又给了他一支新铅笔，然后我拼命忍住笑，看着小男孩仔细地把新铅笔放进铅笔盒，接着继续哭。

我有次去香港采访李若彤，傍晚时分香港下起了雨，我和李若彤一边做提拉米苏，一边等她的好朋友张慧仪、叶蕴仪、陈慧珊。四位香港女性，几年前因为合作一部电视剧结缘，她们都是"70后"，都曾经因为情感、家庭等原因远离娱乐圈，各自恋爱、相夫教子，也有失恋、失婚或者家暴的伤痛。

张慧仪十三年前领养了重病的儿子，独自呵护至今；叶蕴仪呢，早早成名，早早做了母亲，后来再离婚，独自带大两个孩子。她出现在我面前，个子小小的，是这个年纪该有的样子，得体而美好，我才知道甜美可爱从来不是她的本色；还有陈慧珊，和TVB剧集里的角色一样，干练、认真、不拖泥带水。至于李若彤，她的故事大家更熟悉——恋爱，失恋，经过漫长的黑暗，如今健身、拍戏，是让我羡慕、尊敬的独立单身女性该有的生气勃勃的样子。

和她们相比，我的人生乏善可陈，但是谢天谢地，我不知道我是否具备她们的坚强和生命力，同样的经历如果放在我身上，我能否如她们一样慢慢熬过，然后平静地笑谈从前。她们的磨难苦痛，我觉得我无法感同身受，但是同为女性，同为年龄相仿也有人生阅历的独立女性，我又明白她们所有的人生困境。

我们根本做不到感同身受，但是我们有同情心和同理心。我不奢求别人能体会我的痛苦与压力，即便是家人朋友，我只需要他们相信并尊重我的感受，不质疑，不评判，并给予最大的支持。当然这是我对于他人的希望，反之亦然。同情心与同理心似乎挺简单的，就是以对方最需要的方式对待 TA。

　　失去铅笔的小孩子哭了，这么微小幼稚的痛苦也不要轻视吧，给他一个拥抱和一支新的铅笔。闺蜜失恋了，茶饭不思，我心疼却又不解，她的那个前任满脸写着不真诚，浑身上下找不到所谓魅力的东西，可是爱、不爱、不被爱的经历，是每个成年人都有过的吧。我就让闺蜜絮絮叨叨祥林嫂一般地回忆、抱怨、又哭又笑，这样的陪伴倾听根本治不了她的情伤，但关键时刻能护住那脆弱的生命火焰。

　　有的时候，同情心和同理心似乎又很难拥有。因为我们总是好了伤疤忘了疼，我们都有偏见，我们都有站着说话不腰疼、指手画脚的时候，我们偶尔甚至会残忍冷酷。可是**我这个又悲观又坚强的人始终相信，人性最终会守护同情心和同理心，让它们在最贫瘠的土壤里开出理性又温暖的花。**

有魅力的人不少，但具备这一点才是无敌

你最喜欢男性身上的什么品质？

有人说是坦荡，有人说是担当，有人说是善良，有人说是胆量。

一个男人的魅力，也许与样貌无关，与才华无关，与财富无关；也许只因一件小事、一个瞬间而产生，却让你从此刮目相看，甚至沦陷。

鲁小胖说，她不会因为一个人具备某些品质而喜欢他，她只会因为喜欢一个人才接受他的一切。

我喜欢男性身上的哪些品质呢？

男人作为一个群体其实和我关系不大，因为我天天打交道的、在意的男性，恐怕两只手就数得过来。而且我每天忙着应

对这几个独特个体，就已经人仰马翻、殚精竭虑了，哪有心思"心怀天下"？再说，普天下的男人们也不需要我操心，所以我的确没怎么琢磨过他们。因而接下来的文字纯属务虚。

我有个小小的保险箱，里面塞了护照、户口本、散碎银两，保险箱有一明一暗两把锁，靠电池启动。位于保险箱门内的暗锁，电池早就没电了，我一直懒得换，就只用明锁。外挂的电线被我揪来揪去，已经接触不良了。

前年春节前的某天，电线终于彻底断掉。这下漂亮，保险箱打不开，护照拿不出来，春节我哪儿也别想去。正要抓狂，我弟慢悠悠地问我："家里有工具箱吗？"我崇拜而且诧异地看着他："你能修？""呵，这算什么。"他又慢悠悠的一句。瞬间，他的身后仿佛冒出耀眼的光环，我几乎是眼含热泪地，看他把电线破损处的铜丝钢丝还是铅丝取出来重新缠绕，手法之娴熟，让我由衷地赞叹："你要是溜门撬锁的，也无敌了。"被他白了一眼。

保险箱被打开的一刻，我平生第一次体会到崇拜一个人是怎样的感受。小时候看我爸做过一个单人沙发，从锯木头到装弹簧、包布一手完成，那是迄今我对我爸唯一的一次"疑似崇拜"。所以，能从容搞定生活中的棘手小事，无论煎炒烹炸还是修修补补，对我而言都极具魅力。

而当一个男人的才能，从生活舞台一路杀将到艺术文化领域，那份所向披靡的气场绝对是"灭霸级"的。对我而言，才华永远具有致命的吸引力。音乐、舞蹈，绘画、运动场上奔跑跳跃……任何一项不俗的能力都足以构成杀伤力。

有才华的人不少，而有才华又兼具以下特质的人才是无敌的：幽默、谦和、拥有赤子之心。这样的男性好比美女，美而不自知才是真的美好。如果才华横溢，却时时刻刻惊叹于自己的才华，就有点讨嫌了。云淡风轻、谦和有礼，可骨子里有着自信和坚持的人，才是真正的大家。比如李安，他的从容淡定与谦谦儒雅之气让人如沐春风。

我还喜欢深挚专注的眼神、温暖诚恳的声音。语言行为都可能骗人，可是眼神与声音就好似掌纹指纹一样，清晰地刻在那里，你信与不信，都有人能从中读出你的前世今生喜怒哀乐。反正，我会因为被凝视、被温暖而动容。

我还喜欢斩钉截铁不拖泥带水的男性。他们一般不经常表达自己，一切情感都流淌于心。可是一个内敛的、才情洋溢的、有着美好声音和目光的男性，这是怎样一种灾难般的组合呀！"灾难"是对爱上这类男性又欠缺安全感的女性而言的。

还有一些孩子气的小事，无关痛痒，可有些时候还蛮气人，而碰巧就出现在我的家人朋友身上，于是爱屋及乌，我也欣然接受。比如我弟，讲话从来直给（北京方言，指直来直去），绝不转弯抹角，连个缓冲地带都没有。我左思右想吐了血才决定买下一块不便宜的手表，款式有些拿不准，于是发微信给他，希望获得他的支持。他会连发几条语音告诉我："这么难看，完全不适合你，你赶紧算了吧！"于是我一听就急了，不高兴地跟他说："我都买了！"他会依然执着地告诉我："真不适合你！"……直到我彻底发飙。

还是我弟，特别不爱和我出门，总嫌我会引来不必要的关注。万不得已需要同框出现，他会比我的宣传团队还要操心，总是不耐烦地问我："能不能戴个帽子，戴个口罩？"每每弄得我很是紧张。可环顾四周，根本没人注意我啊。

他最热衷的事就是将我的玻璃心打碎，每次看我哭笑不得、恼羞成怒的样子，他就坏笑着说："就是要让你放下一切偶像包袱。"

当然，在我感到艰难、恐惧、无助的时刻，他也会嘴角一咧，不屑地说："这算个屁！"于是，一切云淡风轻。

我还喜欢认真的人：认真地工作，认真地看世界杯，认真地练习滑板；我还喜欢并不富有却不太在意钱的人：偶尔任性奢侈一下，平常大多淘宝；我还喜欢经历磨难，对人对事保持距离，可一旦信任便全情投入的人；我喜欢无论多大，内心都住着个孩子的人。

可是，我不会因为一个人具备某些品质而喜欢他，我只会因为喜欢一个人而接受他的一切。和我无关的人，好与不好，我都不在意。而和我休戚与共的人，好与不好，我都接受。所以我最看重的男性品质其实只有一点，那就是：我喜欢他吗？

分寸感

哪个瞬间让你发现分寸感很重要?

分寸,在生活里处处可见、时时需要,也最难掌握。我们时常说做事要"恰如其分",但这个"度"在哪里,如何掌握,却是很多人都无法谙熟的技能。

鲁小胖说:"分寸感,来源于人们的边界意识。"

有一天,我一个人从香港回京,没有化妆、头发蓬乱、戴着帽子,一路推着行李车低头狂走。靠近出口的时候,我前面一位同样推车的短发女生很不高兴地转身冲我嚷嚷:"你能慢点推吗?你撞到我了!"我当时窘迫地愣在那儿,连忙道歉。那个女孩根本没正眼看我,只是特不高兴地冲我的方向翻了好几个白眼,推车就走了。我涨红了脸,心里一片愧疚。

其实多大点事啊，我居然脸红心跳了半天。因为它触及了我生活中的某个底线，关于边界 —— 尊重自己和他人的边界，任何时候都保持分寸感。这是我为人的方式，也是我和这个世界发生交集时的生存法则，它让我觉得安全、得体、愉悦。

2018 年 2 月的《名利场》（*Vanity Fair*）杂志，一篇署名莫尼卡·莱温斯基（Monica Lewinsky）的文章让我唏嘘不已，甚至还有些震惊。莱温斯基这个名字熟吧？文章开头第一句话：我怎么认识这个人的？我在哪儿见过他？那个戴帽子的男人看起来特面熟。读到后来，我才意识到这句话的分量 —— 因为这个男人不是别人，正是当年几乎一手毁了莱温斯基和克林顿总统任期的肯尼思·斯塔尔（Kenneth Starr）。

换作是我，仇人相见，分外眼红，我也不知道自己会不会做出过激的事，但我一定不会像莱温斯基那样，过去和他握手，还耐心地听那个一手摧毁了自己的人不断地询问"你好吗"。我好不好关你什么事？莱温斯基居然淡定有礼地说："我真希望当年的我做了其他选择，当然，希望你们检方也是。"莱温斯基说她在给肯尼思·斯塔尔找一个台阶，让他向自己道歉。但他没有道歉，只是平静地说："我知道，可惜，很不幸。"

读到这儿，我下巴都要惊掉了，他们也太有理有节了。这不是教养好、修养好、有分寸感，而是已经超越正常人的喜怒哀乐了。所以，有分寸到极致，常人的味道和温度就会少很多。就像某国，几年前经历了海啸，我看电视上每一个接受采访的灾民都隐忍、平静，没有一个人哭天抢地，那份克制，看得我不知该肃然起敬还是浑身发冷。

分寸感，来源于人们的边界意识。我们在自己家中，总是感到无比自在、随意，因为我们会假设没有人会不经许可随意地冲进来。那扇房门，那道围墙，院子四周的篱笆、栅栏，让我们在各自的私人空间里感受到最大的安全感。那道看得见、看不见的边界线，就是我们对待他人，并且希望获得相同对待的叫"分寸感"的东西。

所以，当半熟不熟，甚至根本不认识的人当着我的面打着关心的旗号说"你太瘦了"；当女朋友把我跟她说的秘密转述给别人；当饭桌上本来无伤大雅、宾主尽欢的闲聊扯到某个我认识或者采访过的明星身上，并且话锋迅速转向八卦绯闻的时候；当听到一个人有意无意地说出让他人难堪的话的时候……我的边界，就被碰触了。

我一直在尝试，希望自己的边界和四周的边界尽可能同步，否则，我将永远封闭在自己狭小的世界里。可是，扩大边界，意味着也许我要降低我的分寸感，这段过程并不愉悦，甚至有些痛苦。所以，**在自己和世界的分寸感之间，永远寻找最大公约数，是我们既保持体面、尊严，又能维系人情的唯一方法。**

在这个年代，"任性"早已是谁也负担不起的奢侈了

如何看待成年人的"任性"？

许多人在成年后，仍然做过"任性"的事，比如退学，比如裸辞，比如和男友私奔。当然，也有人说自己从未任性过，一直都在中规中矩地活着。

很多文章都鼓励成年人要"任性"一点，认为他们被太多世俗的眼光和标准束缚住了。但成年人如果真的"任性"起来，是否又会成为一种不负责任？

看看鲁小胖怎么说吧。

家人老说我："你一大早起床，又是咖啡又是酸奶又是香蕉的，这样肠胃能吃得消吗？"我说我是铁胃，但没人相信，于是我就不说了，当然也不听他们的。

一天晚上快半夜，家人群里一条微信把我活活气乐了。一张模糊暧昧的截图，文字大意是：已有二十三人感染 H7N9 病毒死亡，中央一台新闻已播，所以暂时不要吃香蕉。如此没头没脑、前言不搭后语、假到离谱的内容，在互联网世界里居然得以传播，还偏就有人相信。家人还在群里语重心长："香蕉暂时少吃，还有晚上也要少吃西瓜。"我又乐了。因为彼时我正躺在床上，床头是一盒被我切得方方正正的冰西瓜。

我前世大约是只花果山的猴子，所以这一世一看见水果就莫名觉得幸福。菜市场、超市、路边小摊……凡是堆满水果的地方都让我流连忘返。我也知道自己过分，因为水果再健康，每晚睡觉前还在吃，也实在是任性。可是我决定在这种小事上放自己一马，毕竟可以自由自在，不被唾弃、咒骂、批判的任性之举真是越来越少了。

坐飞机脚要乖乖地收好，不能翘在前排；公共场合不可以抽烟，暴风雨天家里下水道倘若堵住，最好自己想办法，反正无论如何不要在微博上抱怨。诸如此类的事还有很多，虽然我大都不会、不想、不喜欢，当然也不敢做，可我依然活得日益警惕。

在这个越来越多元，但新的清规戒律也越来越多的年代，"任性"早已是谁也负担不起的奢侈了。虽然一定会有智者用一副了然于胸、洞察一切的语气对你说"不用在意别人怎么讲"——问题是，我当然在意，又有谁会不在意呢？

某次出差兰州，早班飞机上，我把自己拧成麻花状，蜷缩在座位上，睡得昏天黑地。飞机一路颠簸，我就随着飞机起伏不断地醒来，又不断地再睡去。每次惊醒，都看到旁边的中年眼镜男表情凝重，近乎痛苦地像我一样双腿盘起，坐在座位上扭来扭去，努力找寻一个舒服的姿势。我睡意蒙眬中似乎笑了好几次，他满脸都写着"我好想把脚跷到前排啊，可我不敢，因为已经有人被骂了，我也好怕被拍下来被'人肉'"。反正世俗的言行规范标准不知不觉间越来越严苛，而我选择小心遵守。

周末我买了件 T 恤，面料摸起来特别柔软舒服，但是胸前有一排英文字，还有个模棱两可的图案，政治上不太正确，容易被人挑毛病。可我实在没衣服穿，就买了下来，问团队的摄像要了块黑色胶布，简单粗暴地把不安全因素通通遮住。这种小事何必任性地去较劲呢？成年人最好不要瞎任性，否则秋后算账有你哭的时候。

话说任性的方式百花齐放，我最受不了的，就是有影响力的公众人物戴着满是傲慢与偏见的有色眼镜看待世界，将一切政治化，不分场合不分青红皂白，永远将自己置于道德制高点。

想当年《风月俏佳人》（*Pretty Woman*）那么火，我对理查·基尔也没什么好感。一个男的长得帅，我恭喜他，但倘若他所有的表情动作随时在告诉世界"我知道我帅，而且帅出天际"，那我真的受不了。偏偏他在当年的奥斯卡颁奖礼上莫名其妙扯上政治和中国，我一下子火冒三丈：戏都没演明白，扯什么政治呢！

比起我的火冒三丈，意大利副总理直接"怼"他才是解气。话说理查·基尔特别有爱心，他希望意大利政府能够收留一百二十一名难民。人家副总理的回击非常到位，他说，请理查·基尔把所有人用自己的私人飞机运回美国，在自己的别墅里养他们。这样的人，就该让不按牌理出牌的人对付他。

虽然生活中将任性演绎得炉火纯青的"巨婴"令人发指，但是，比起生活中的任性之举，对待任性的双重标准反而更让人无法接受。

借用顾城的诗，曾经"我是一个任性的孩子"，然后我一点点交出我的任性，换来成长。如今只有在清晨夜晚，在和家人相处的私密空间里，我才依然保持适度的任性。谢天谢地，我的家人朋友不会评判我，于是我继续吃香蕉，吃西瓜，为所欲为。

"有趣"有那么重要吗？

在你心里，有趣的人是什么样的？

有人说是拥有赤子之心；有人说是对世界充满好奇感；也有人说，是有自己的独特想法并坚持。

但在鲁小胖看来，"有趣"可能是一种被高估的特质，就像所谓"接地气""不装""洒脱""率真"一样，是每个人多少都具备的生命元素。

她说，它不会使我们成为更好的人，但会使我们成为更受欢迎的人。

从香港回北京的航班上，我看了一部在美国票房和口碑都很好的电影：《摘金奇缘》（*Crazy Rich Asians*）。这是一部从头到尾每一处细节、每一个人物、每一句台词都匪夷所思地俗到爆的电影。要知道，一部电影落入俗套不难，难就难在人物关系、剧情走向全部全部全部按最俗的套路走，这就是个奇迹了……我只能认为导演是故意的。

电影对亚洲人的塑造简单粗暴，各种脸谱化、标签化，总之是一部彻头彻尾的无脑电影，偏偏它大受欢迎。而更为匪夷所思的是，我居然看完了，最后还看哭了，我觉得自己有病吧。反正看到结尾富家公子在获得家人谅解之后放下一切，追到飞机经济舱，向普通单亲人家的女朋友求婚的场景，我傻乎乎地流了两滴泪。

这种给人"洗脑"的俗烂大结局，偏偏直击人心中最脆弱的那一块。无论是谁，在最低谷、最绝望的时候，即便明知生活艰辛、艰险，对奇迹、童话、神话，也都是既不屑又渴望，至少被偷偷打动的——哪怕紧跟着骂一句"什么乱七八糟的，导演缺心眼吧"。我想我们都是这样，有多成熟就有多幼稚。我相信，再理性的人也有感性的时刻，**严肃和活泼，木讷和有趣，所有对立的性格都共存于每一个人身上。**

那么有趣的灵魂到底是怎样的？

我怎么觉得"有趣"是被严重高估的品质呢？也许是因为我不有趣，也许是因为"有趣"已经被认定是政治正确的事，而我本能地对所有政治正确心存警惕。

我的朋友 Linda 是个特别有趣的女人，话说她在香港为自己代理的一个服装品牌做了个 Trunk Show（以前指给某些客人安排的小型时装表演，现在已经简化成小型专卖会）。地点是香港中环某酒店的客房。我是先看到 Linda 发的朋友圈预告，特别喜欢那些好玩的 T 恤衫、手包，第二天就兴冲冲跑去了。

设计师是一名高个子意大利女生，穿着一件白 T，上面用珠片做出酷似可可·香奈儿（Coco Chanel）的卡通形象，和一句特别好玩的"I don't give a chic"，不解释，自己体会。她说你叫 Luyu，我叫 Ludo，然后我俩就聊了起来。当初她拿着家里给她读 MBA 的学费，居然开始周游亚洲，不巧的是刚到巴厘岛就被她爸发现了，信用卡立刻被取消。她倒是从容不迫，随遇而安，就在巴厘岛住下，遇见了一个台湾男孩，如今孩子都快五岁了。

Ludo 是那种典型的 free spirit（无拘无束的人），好玩的女生。那天的很多对话简直太飞了。我挑了一件黑色卫衣，上边用珠片绣出一只可爱的小狗和一句特别"刻薄"的话："My dog is chicer than yours.（我的狗比你的更时髦。）"

同行的朋友挑了一件一模一样的粉色卫衣，我们穿上后，朋友的粉色刚好到腰部，而我的却长过了屁股。我喜欢黑色的，但想要短款，于是问 Ludo 为什么我俩的长度不同。Ludo 认真地看着我，不紧不慢地说："Well, darling, because life is not perfect.（哦，亲爱的，因为生活并不完美。）"我看着她的严肃脸，被说蒙了，然后开始狂笑。真没见过这么随意任性的设计师，她分分钟都是段子。

Trunk Show 位于酒店的 1513 房间，Ludo 前一天发了

Instagram，兴奋地写道，欢迎朋友们来到 2040 房间啊。于是好多人到了酒店大堂后彻底蒙圈。Linda 让她再发一次更正，她于是又写道，欢迎来到 2013 房间。大家彻底崩溃——酒店最高十五层。就在刚才，Ludo 又有新鲜段子出炉——中午时分，同事找不到她，立刻微信问她在哪儿，她又是认真脸回答，在香港啊。她的有趣我真心喜欢。

我还认识一位六十岁的先生，平日里为人严谨，不苟言笑，不善言辞。最著名的笑话是，有一次在北京街头，他被一个人当街拦住，被热情拥抱后，对方不断地问他，您还记得我吗？您认识我是谁吗？先生一来二去被问急了，居然骂了句脏话，拔腿就走。他说，他嘴笨，又极好面子，最怕下不来台，那天就是被问急了。我们当时在饭桌上乐得不行。平日里"高冷"的他，偶尔喝酒必然唱歌，唱歌必然落泪，落泪时必然拥着相守一生恩爱如初的太太。我觉得他很有趣，是那种无趣到极致又有趣到极致的人。

可是我依然认为"有趣"是被高估的特质，就像所谓"接地气""不装""洒脱""率真"……这些是每个人多少都具备的生命元素，它不会使我们成为更好的人，但会使我们成为更受欢迎的人。所以我真心羡慕 Ludo，她就是自自然然做自己，貌似任性、无厘头、不按牌理出牌，但偏偏她又在极其现实、刻薄的商业世界里拼出了一块小小的地盘，过着最传统的有老公孩子的生活。这是真正的有趣吧。

有趣不是要和世界对立，不是不屑于一切既有的道理、规矩和人情世故，有趣是以自己的方式和世界互动，不卑不亢，不惧不讨好。我想，有时我们都无趣，有时我们也都是有趣的。

性格有好坏之分吗？

内向者如何社交？

曾有研究指出，内向者经历高强度社交后，会感到疲劳，严重一点会头晕、出汗，甚至呼吸困难，如同喝了烈酒一样不适，这种情况也叫"社交宿醉"。

对内向者而言，生存艰难，社交不易。但在鲁小胖看来，无论内向外向，我们都不必得意或者焦虑，因为归根到底，性格是自己的事，而出了家门，只有一个性格让我们行走于江湖。

我绝对有比较严重的社交恐惧。具体事例如下：飞机上很怕和熟人偶遇并且同座；晚宴上一旦落座，中途几乎不再离席；除了家人与身边最亲近的朋友、同事，和任何人吃饭见面于我而言都是一项工程；饭桌上一旦话题转向我，我会瞬间如坐针毡，潦草敷衍地回答后，就会飞快地把问题引开。如果都是熟识的朋友，我会直接求饶：求求你们了，聊点别的吧。

但是风水轮流转，最近似乎比较流行内向。所有不够积极的、害羞、不爱表达的人，都被归于低调、恬淡、不争不抢。这些描述听起来的确高尚、高级、美好，可我本能的反骨怎么又压抑不住了呢……连性格也被分出好坏高低，这让人无比疲惫。

我是彻头彻尾的内向加社交恐惧，按理说挺新潮的。除了人数有限的微信朋友圈，我没有和外界沟通的其他渠道，什么微博、抖音一概没有，更不了解。每每有人问起，我总是略窘迫地说，抱歉，我没法帮你转发，因为没有微博。但对方的反应几乎都是，哇，好酷啊，连微博都没有。

问题是，最初不开博客和微博，是因为：一、觉得麻烦；二、觉得自己的生活不够丰富多彩；三、欠缺安全感。如今这些原因依然存在，又多了更现实的一条——要开早开，如今再开就真的是黄花菜都凉了。别人的粉丝都已经是千万计，我如果没几个人关注，那真是丢人丢到家。所以我不仅仅是清高，我是懒和怂，不希望原本就已经被评头论足的生活里又多了一个被评判的数据。

偶尔看选秀节目，弹幕上都在说某选手求胜心太强，性格不可爱，我都气乐了。不想赢，你在家自己唱自己跳自己演就好了，拼尽全力志在必得，难道不是对自己、舞台和其他人最大的公平和尊重吗？我们可以单纯主观甚至不讲道理地喜欢或不喜欢一个人，但不要给自己找冠冕堂皇的理由，尤其不要拿性格说事。

飞机上，我的确不想一路和人聊天，我只想发呆、昏睡、看书、一个人。可是一旦旁边坐了认识不认识的人，只要 TA 面目和善，言语得体，我会在两三分钟之内迅速地克服自己的各种怪癖，展开一场成年人之间有礼有节甚至温暖有趣的对话并不是一件难事。

外向内向，不论哪种都是双刃剑。冷暖自知，各自承担，反正都不重要。而对于各种嚣张古怪、不按牌理出牌、不遵守公序良俗的行为，要是都拿性格说事，那就没劲了，那绝对是揣着明白装糊涂，是人品问题。

这个世界有时残酷且现实，决定对错的并不是内向或者外向，而是成功。成功赋予的话语权，可以让任何一种性格成为特立独行的标志：沉默寡言是萌，爱说爱笑是率真，讲话拿捏尺度是教养，直来直去则是真性情。其中，"真性情"最为诡异。

因为要写推送，我必须憋在家里闭关，我的自闭于是有了最体面的理由：我要创作，所以来不及出去和朋友吃饭，只能一个人窝在家里凑合一下。我偶尔会逼着自己出去触碰一下这个世界，而大部分时间会像今天这样任由自己以最舒服的方式存在、生活。我知道这样做是奢侈的，但奢侈背后的代价我也知道。

无论内向外向，我们都不必得意或者焦虑。归根到底，性格是自己的事，而出了家门，只有一种性格让我们行走于江湖，那就是与人为善，尊重规则，心怀敬畏。

当今时代还有哪些被人忽视的珍贵品质？

如今有哪些被人忽视的珍贵品质？

注重时间观念的琪琪工作三年，迟到记录为零；做了一辈子工人的爷爷，退休后依然用工作中的态度来对待生活，日事日毕，不劳烦任何人；还有一些人每天上下班都会在门卫开门时说声谢谢。

生活中，还是有很多瞬间能让我们看到一些美好，感到一些温暖。

下面，鲁小胖想来分享她最看重的品质。

很多年前的一幕，我一直记得。

那是夏天的中午，我坐在只有两三个乘客的公交车上。新的一站，上来一对母子，衣着破旧。妈妈四十岁出头，满脸疲愆。小男孩眼睛亮亮的，很瘦，大热的天，怀里居然抱着个大大的枕头。车子重新启动的一刹那，还未落座的小男孩站立不稳，冲到我的座位边，我赶紧伸手扶住他。小男孩不知所措地看着我，旁边的女人立刻说："谢谢阿姨呀！"我愣住了。她的语气、神情让人难忘，用"高贵"来形容特别贴切。她一定正经历着难以言说的困境，但她平静、和蔼、不卑不亢。

前两天我去家附近的商场买东西，进门扫码测体温时，保安小伙说："你昨天来过吧，我记得你的手机壳！"我大乐："是我是我！"买完东西出门时，我挥手跟保安告别，他也冲我挥手，还夸张地说："明天再来的话，必须加个微信了，事不过三。""好嘞，就这么定了。"

这些来自身边的善意无比珍贵，可惜，在高歌猛进的时候常常被我们忽略。而**所有善意的来源和支撑，是边界感、分寸感和理性**。

每次外出和朋友吃饭，无论熟与不熟，当大家在饭桌上聊起某个明星的八卦，我就会开始面无表情地低头，慢悠悠地扒拉我盘子里的菜，吃得格外认真。我知道他们每一个问题都是抛向我的，希望从我这了解内幕，于是我确保自己做面瘫状，连眼神都不参与他们的谈话。

虽然我平常也会和家人、最亲近的朋友八卦闲扯，但在某个饭桌上，我想我曾经一定也是别人的谈资。他们和我素昧平生，但仿佛天天和我同处一个屋檐下一般，笃定地飞短流长。

我知道我不喜欢那样的感觉，所以我也不会参与对别人的评头论足。只有一种情况之下我会放下筷子，铁青着脸争论几句，那就是当谈话从无伤大雅的小道消息发展到开始充满某种恶意的人身攻击。

吃饭闲聊天经地义，饭桌上扯到不在场的某个人完全正常，大家一边吃一边说些不负责任的话，也没啥具体的伤害。但是，你当着我的面议论某个我显然认识的人，还期待我参与爆料，那就是跨越了底线，没有边界感。

边界感不仅仅是在银行、在海关排队时的那条黄线，也不仅仅是尊重我的隐私，比如不问我每月工资是多少、住在哪里，它还是一个成年人与人交往时不可或缺的善良，如给人留有余地，某些时候看透不说透，等等。边界感意味着理性，厚道，不自以为是地拿率真、真性情说事。宽厚地对待他人，是最难拿捏的分寸感，也是最大的善意。

我常常会被人说"你特理性"，每次我总会莫名地心虚，想辩解两句。因为在人们（包括我）心里，理性代表冷漠、不近人情、刻板、有距离感，而感性则是温暖、随意、人情味十足。可我还是想弱弱地说几句，理性为人性托底，它让我们在爱恨、哭笑过后，依然拥有得体生活的可能性和能力。

而得体是另一种我无比珍视、害怕失去的生活状态。看看身边时刻发生着的鸡飞狗跳，我总是胆战心惊地想，他们怎么会一不留神就把日子过成了别人的谈资？

最后，我还是审视一下自己吧。我是一名在矫枉过正的教育下长大的中国女性，自强独立的精神我有，但我被驯化成了那种相信个体努力，而弱化了与人交往的重要性的人。其实人与人对彼此的依赖程度远比我们想象的要高。有一部美国电影叫《六度空间》(*Six Degrees of Separation*)，讲地球上任何人都可以和另外一个人扯上关系，中间的环节不会超过六个人，所以我们彼此是盘根错节的，一损俱损。而我所谓的"自闭"，只是痴人说梦罢了，是一种极端不自信的体现。

没有什么人可以遗世独立地生活，只有传奇如张爱玲，才有资格谈某种程度的离群索居。可即便她那么冷清的晚年，也依然有宋淇夫妇，有夏志清，从他们的书信往来中，你仍然看得到"生活"两个字。

伊曼努尔·列维纳斯(Emmanuel Levinas)说，暴力就是只用自己的观点去理解万物。但愿我们都能够理性地对待一切，也能够被善意地对待。

那些走着走着就散了的朋友

成年人是怎么交朋友的？

之前征集过一个有些"扎心"的问题：你有多久没交过新朋友了？

有人说，在工作之后，就再没交到过真正意义上的朋友了。

可相比这些失落和无奈，也有更多暖心的故事。比如一次精心准备的生日惊喜，失恋时的安静陪伴，旅行时一起度过的满天星斗的夜晚。

鲁小胖说，在仓皇、恐惧的时刻，唯有爱和友情才能平复一切。

我平生第一个朋友是在上海读小学一年级时同班的一个女生，姓席。名字我还记得，样子实在是忘了，好像是瘦小、苍白、乖巧秀气的那种，和六岁半的我正好相反。

我们俩住得很近，背景也差不多，我和爷爷奶奶生活，她和外婆住一起，我们都住在上海小弄堂老旧的房子里，我当年应该是叽里呱啦话痨的那一个，她好像总是静静的。从那时起一直到今天，我内心总渴望成为那样的女性，安静、疏离，不清冷，但也绝不热闹。放学后，我总是跑到她位于二楼的家，她家的楼梯又黑又陡，但她有属于自己的小小的房间。我当年简直羡慕死了。

那会儿我们都太小，小到从不会好奇彼此的来历与家庭。她先于我转学离开上海，一年级结束前我也搬到了北京。来到北京后，一个小孩与生俱来的求生欲被充分地激活，我想我的不安全感、敏感、在意别人的感受、希望与人为善，多半是源于当年那个七岁小孩渴望融入、渴望被接纳的心情。

二年级，我刚刚在北京安顿下来，班里又来了个转校生，是一名小个子女孩，梳童花头，齐眉的刘海，眼睛又圆又大，无比灵动。她是活泼可爱型的，还有一丝那个年头少有的洋气，我们成了朋友，上学放学几乎长在一起。那会儿全班男生好像都喜欢她，女生似乎多少都羡慕她，我也是，她大概是我这一生羡慕过的第一个人。

我俩又是相似的背景，都有个弟弟，都是从上海转学过来的，都是爷爷奶奶带大的，家里都说上海话，都是圆圆的面孔，齐齐的短发。太多的相似，太小的年纪，让我们顾不上好奇彼此的差异和故事，对她，我依然是一无所知。不记得什么时候，她也转学走了。小孩子之间似乎也没有正式的告别，直到今天，我仍然不知道该怎样面对分别。世界真的是够大，大到有些人一挥手、一转身，就是永别。

我小女孩时期的友情都没能延续至今，不是因为我冷漠，实在是小孩子无力和命运抗争，你去哪里、遇见谁，都不是因为心意，仅仅是因为碰巧，因为安排。于是大多数的纯真友谊慢慢地疏远也是情理之中，倒是成年后形成的友谊在渐行渐远或戛然而止背后大多有个故事，故事的线索情节，包含但不仅限于这些关键词——分歧、失望、背叛、无法弥补的差距、不对等的付出，等等。

成年人的友谊好与不好，全部的过程和爱情异曲同工，每一段消失的友情都有一段让人唏嘘的故事。比如 A 和 B，两个人我都很熟，她俩是闺蜜，无话不谈。大约有三四年的时间，两个情路坎坷的大龄单身女性几乎天天在一起吃饭、看电影、聊天、旅行。

A 说，有一段时间她几乎认为这就是自己下半辈子的人生了，没有爱情，但有一段亲密无比的友谊。两个人身材相仿，兴趣也差不多，都爱吃，对于电影、英剧、美剧、时政八卦如数家珍，无论哪种聊天都不需要任何解释，话都不会掉在地上。

可是如此契合的友情毫无征兆地断了，没有具体原因，但桩桩件件又都是原因。A 认为 B 太过自我和冷漠，B 认为 A 太自以为是；A 认为 B 背弃了她的信任，B 认为 A 在自己最艰难时的疏远是不仁不义。总之，两个大女人的友谊在分崩离析的那一刻和小女生的截然不同，无声无息、静静悄悄，但果断、干脆、伤筋动骨。逝去的友谊和爱情一样，只有等时间抹去一切的伤痛爱恨，才有可能相逢一笑。

维系一段友情比维系爱情要难多了，爱情中会有生活、习惯、陪伴等将两个人扭在一起，友情可没有这些柴米油盐的加持，它更空灵，更苛刻。对我而言，三观不一致做不了朋友，政治立场不同的不行，吃不到一起不行，各自爱恨情仇、喜怒哀乐的嗨点和禁区不同也不行。如此苛刻的排除法，决定了美好的友情如爱情一样，可遇不可求，弥足珍贵。

可是，就像我相信我们终究会等到爱情一样，我们也总会拥有友情。我不太随和，相当挑剔，即便如此，这一路仍然结识了新朋友，收获了友谊。当然，走着走着就散了的朋友也不在少数，反正时间宝贵，精力有限，我只想和我喜欢的人在一起，这是我和这个世界的唯一联结。而**成长就是不断地失去，不断地错过，但错过、失去之后才有遇见和拥有**。谢谢陪我吃饭、收容无处可去的我、看到最小号的衣服就会买下给我、从不评判我的朋友。

我的一个好朋友在朋友圈里感慨道："娱乐圈对我而言就像是还在上学，天天考试，天天评比，天天颁奖，学霸也会担心自己变成学渣。人生最大的压力莫过于此吧，我不会在这个圈子里做事，因为我不会再给任何人权利给我打分了。"

　　人在江湖，身不由己，我们都在其中打分、被打分，内心有时难免仓皇、恐惧，这样的时刻，唯有爱和友情才能将它平复。

你做过什么不被人理解的事？

如何面对他人的不理解？

许多人正做着不被他人理解的事。有人三十五岁未婚，还在等待爱情；有人放弃一份年薪稳定的工作；也有人在他人看来"年龄不小了"，还在追求自己的梦。

面对他人的不理解，有人会解释，会沟通，会为自己辩解，也有人觉得，不被人理解本就是人生常态。

看看鲁小胖怎么说吧。

我有过一段四十八小时的欧洲之旅。回北京前，我在欧洲一个小城的窄巷子里闲逛，和朋友一家家小店挨着看。城小，但是名气很大。小城居民大约是世面见多了，而且整天被四面八方的外国游客烦着，既要敷衍他们赚钱，又得始终保持高昂的民族自豪感，这的确令人疲惫。于是当地店家多少都有些傲气，那种傲气是包裹在礼貌和友好的外表之下的，有时候更气人。

我和同行的朋友逛着逛着进了一家草帽专卖店，我没有什么购物的欲望，就坐在旁边看手机，两个女朋友则兴奋地抓起草帽试戴，然后我身边就响起了尖细的、有着浓重意大利口音的英语："你们不要自己拿草帽试戴，喜欢哪个告诉我，我拿给你们。"女店员的语气里有明显的不快和不耐烦，我愣了一下，抬起头看看她，转念一想，又低下头懒得说话。

朋友则继续试戴，各种草帽就那么随意地摆在桌上、展示台上、货架上，很是欧洲度假风，放松随意。于是朋友一不留神又本能地随手拿了一顶草帽扣在头上，我的身边又是一阵高亢的声音："不要自己拿帽子！"这次连个"please（请）"都没有。

我眼睛没抬，但是提高了声音说："好了好了，我们知道了，你们的帽子不能随便拿，你别再说第三遍了。"我也没说"please"，屋里又没个指示牌，何况帽子又不是什么珠宝、手表一类的贵重物品，动一动也不会死。偏偏那名店员没完了，这一次，她不再掩饰语气里的严厉和厌烦："对，这是规矩，不然要我们店员干吗？"

我关了手机上正在玩的一局数独游戏，抬眼看了看她，然后起身在店里转了一圈，终于在门口的一个展示台的角落里看到一张名片大小的白色卡片，我弯腰将脸贴近，确认上面的确写着一行字：所有商品不要自己拿。"这么小的字谁看得见呢。"我跟朋友用中文嘀咕了一句，突然我耳边响起了一个更尖厉的声音："请你们说英文，不要说日文。"

我的火啊，腾地蹿起老高："第一，我们说的是中文，不是日文；第二，我们想用什么语言说话是我们的自由；第三，你不用神经过敏，我只是说你们的指示牌上字太小了，根本看不清；第四，草帽又不是什么贵重商品，客人动一下也不用这么紧张，你们怎么这么不友善？"说完之后我对朋友摆摆手："我出去转转，要不然还得和她们吵。"

长话短说，朋友最终在店里买了几顶帽子，还有零碎的布包。后来，我们在小城的机场办理退税的时候，终于发现帽子店里的店员故意填错了退税单上的几个号码，还好海关的老大爷无比友爱、耐心，翻看着朋友的护照，一页一页查找，终于找到了所需资料，耽误了一刻钟，但该退的钱一分也没少。

好吧，我在此立个无聊的小孩子气的 flag（目标），那座小城实在太有名了，而且我还挺喜欢的，估计明年或者后年还会再去，而且那家小店在当地也颇有历史，如果再去的话，我一定再到那家店里，找那几个店员理论一下，有些事我非得掰扯清楚，欺负人的人就是欠收拾。

那几名店员没准也会议论我们这几个中国游客吧，恐怕也和我一样，心里依然愤愤不平。我在想，我是中国人，我是顾客，我没什么错；她们也在想，我是本地人，我是店员，我也没什么错。小事一桩，但我们都不会，也没有必要站在对方的角度去思考问题，这是人性。对方万般道理在我看来都是无理，我不需要去理解她，我没有这个义务。一个人去理解另一个人，需要很多前提条件，比如共同的记忆、经历、信仰、为人处事之道等等，这份共情的能力太难拥有了。

我平生最怕落入俗套，所谓的俗套，在我看来就是曾经秀过的恩爱有一天狼狈不堪；不论男女都不能优雅老去；或者曾经意气风发，眼神明亮，有一天也会长吁短叹，油腻圆滑，诸如此类。大的俗套我死也不要，小的则不可避免。比如我不会睚眦必报，但锱铢必较、心眼不太大偶尔还是有的。

这次欧洲之行偶遇了一群国内的朋友，大家相约吃饭，席间我看到了一个已经被我拉黑的熟人。我当时面无表情，不想理她，自有我的道理；她呢，肯定也会觉得委屈，也自有她的理由。

一位跟我感情很好的女性朋友见到这一幕，坏笑着对我说："没想到啊，你还有这么得理不饶人的时候。"我也坏坏一笑说："可不，我这么努力地工作，就是为了偶尔能够拥有得理不饶人的自由。"我就是随口那么一说，女友居然沉吟片刻，郑重地说："嗯，有道理。"

还有很多时刻，比如一群好友相约旅行，我因为家事，临时爽约；朋友的新店开张，请我出席，我想了又想，只有婉拒；小陈说家里有事，请了两天假，我当然准假，可那几天偏偏我家里也是一堆杂事，于是一片狼藉，我各种抓狂；明星情侣恋爱、结婚、分手，或甜蜜或"狗血"，或隐秘或高调，媒体公众的解读总是和实际相去甚远……

生活中这样大大小小的时刻不胜枚举，有些时候爱可以代替、超越理解，而恨则根本不需要理由。别人理解与否的确与我无关，反正我们都只是各自人生的主角，谁也成不了生活大戏的明星。要求别人理解，本身就是在给自己加戏。**理解是幸运，不被理解是正常**，反正我们就按自己的节奏心意来吧。而我坚信，我热爱的就是正确的。

谁也不能在爱的名义下为所欲为

究竟要以"TA 喜欢的方式"爱 TA，还是以"我喜欢的方式"爱 TA？

关于这个问题，57% 的人选择了"我喜欢的方式"，@特立独行的猪说，爱要经得起自己的消耗，才能遭得住爱人的"折磨"。而另外 43% 的人投给了"TA 喜欢的方式"。

家人、朋友、爱人之间常常遇到这样的苦恼，究竟用哪一种方式爱别人才会让我们更容易获得幸福？

看看鲁小胖怎么说吧。

朋友小艾的妈妈是个强势无比的女人，搅黄了小艾过往所有的恋情，小艾的妹妹也在私生活被 N 次干涉后，愤然离家出走，自立门户，周末、过节再没回去过。

我特别困惑地问过小艾好几次，你妈到底是为什么呢？小艾的表情没有一丝不满或疲惫，只是笑着，就事论事地说，她就是我们家的慈禧太后，一意孤行惯了。这样专制的母爱放在我身上，估计我一天也撑不下去，不自由，毋宁死。像小艾的妹妹一样逃离，是我唯一的选择。

可是同样的爱，同样的令人窒息，不同人的接受度和反应天差地别。我认识一名叫劳拉的女孩，她半年前开始恋爱，几个月的时间，我眼见她脱胎换骨。从前那个劳拉无比任性，在恋爱中娇蛮、霸道、说一不二，然后她就碰到了自己生命中的"魔鬼终结者"。

新男友专一、纯粹，是个出色的男人。缺点是有些大男子主义，很轴，脾气上来固执得让人想撞墙。但是好在他翻篇极快，而且直来直去，不需要人费神去猜疑、揣摩。

我震惊地看着劳拉在几个月的时间里完成了不可能的转变，真的是"天道好轮回，苍天饶过谁"啊。劳拉的前男友会不会喜极而泣又悲愤交加地看着命运的逆转呢？

我觉得幸福就是我爱的人也爱我，幸运就是我爱的人恰好以我喜欢的方式爱我，也恰好喜欢我爱他的方式。而我粗浅的人生经验告诉我，生活是很小气的，千万不要跟它要求太多，万一获得一点点，就自己偷着乐吧。拥有幸福已经弥足珍贵了，倘若再加上那些复杂苛刻的条件定语，我要是生活，我都懒得理你，你咋不上天呢？

我们这一生都只能做自己，顶多是做更好的自己，这意味着我们都只能以自己的方式尽力地去爱，去生活。我绝不会自不量力地和生活讨价还价，奢求所谓幸运。倘若拥有了一点幸福，我会在不失去自我的前提下，尽力调整自己爱的方式和对被爱的期待——这是唯一让幸福延续的方法，不是改变对方，而是调整自己。

对于小艾的妈妈，我基本不抱希望。三十多年，她和女儿们相处的模式早已定型，仿佛铁板一般，改变根本无从下手。至于像劳拉一样正在恋爱婚姻初级阶段的人们，一切都还来得及。试图改变别人是愚蠢、傲慢而且注定失败的。既不委屈自己，又能成全对方，才是皆大欢喜的结果。

我相信"己所不欲，勿施于人"，我珍视自由、自我和自在的状态。所以我一定不会逼迫对方按我的心意衣食住行，嬉笑怒骂。**不论对方是爱人、儿女、父母还是朋友，我们也不能在爱的名义下为所欲为。我们唯一能做的是小心翼翼地将己所欲施于人。**给你我喜欢的，希望你也喜欢，万一哪里不够，我尽力而为去调整，希望你能欢喜地接受，这个过程就是爱。而将这个过程一直延续，就是幸福。

这是最好的时代，
也是最坏的时代

"人设崩塌"的人，倒掉不仅仅是因为"人设"

怎么看待"人设崩塌"？

"人设"有利有弊。构建某一种人设或许真能让我们在短时间内获得大众好感，在社会上更吃得开，但若是驾驭不好，也极有可能引火烧身。

也许就像鲁小胖说的，凡事都是双刃剑，公众人物只要半推半就地接受、迎合并强化了自己的人设，就要准备接受自己的形象轰然崩塌的一天。

我有个女朋友，货真价实的哈佛毕业生，精通英语法语日语，普通话粤语上海话标准流利。几年前大家结伴去意大利旅行，她居然在相夫教子、各种工作之余，抽空花时间自学了意大利语。意大利之行，她一路点菜，和老外砍价，发音之地道，简直了。如果她是公众人物，走的绝对是美女学霸路线。

那次意大利之行还有个女性朋友，有一天午饭的时候，大家聊起哈佛什么的，她慢悠悠地说，我也是哈佛毕业的。我们都愣了。因为认识她很多年，只知道她从小人聪明，年纪轻轻就开始创业，白手起家，什么时候抽空去读了个哈佛？她喝了口咖啡，一脸严肃地说，我是哈尔滨佛学院。我们当时各自嘴里的酒啊水啊喷了一地。

凡事真是经不起念叨。哈尔滨佛学院被她玩笑似的说了很多年，前一阵一百度，人家在2015年居然静悄悄地创办了。以上这段对话，如果未来某一天被扒出来，会有怎样的评论呢？说她冒充哈佛学生，还是调侃宗教学府？

我的这两个女性朋友，自我定位就是守护家庭、努力工作、识大体。而在众人眼里，她们的人物描述包括率真、讲义气、够有趣等现代女性喜闻乐见的标签，也就是所谓的"人设"吧。

每次在新闻上看到特朗普，我就觉得匪夷所思，不明白一个在公开场合讲话，语言的构成永远只有简单陈述句，形容词只会用"很好""很棒"的人，一个傲慢、无礼、欠缺同情心的人，居然可以当总统。国家总该交给靠谱的人管理吧，而他，根本没谱。

他在国会发表的演讲中做出了很多承诺，当然最后能够兑现多少，鬼才知道。可是听到他恶狠狠地说，药厂必须把药品价格降下来，工作机会必须留给美国人，夫妻两个人今后都能够享受带薪产假的时候，我想，美国人不拍烂巴掌才怪吧。

一位政治人物，政策是他的终极"人设"，其他诸如发型奇怪、行为乖张，其实和治国无关。而特朗普的日常"人设"，就是任性地摆明了一副"我就是这样，爱谁谁"的样子。当然，美国人民"喜欢"就好。但必须要说，他这一招就是"光脚的不怕穿鞋的"，先让自己低到尘埃，也就立于不败之地了。

凡事都是双刃剑，公众人物只要半推半就地接受、迎合并强化自己的"人设"，就要准备接受自己的形象轰然崩塌的一天。不过，一副好牌打烂从来不是因为"人设崩塌"，而是因为我们傲慢、贪婪又愚蠢地破坏了自己赖以生存的法则。

尼克松因为水门事件下台，凯文·史派西（Kevin Spacey）因为性丑闻前途尽毁。几年前的冬天，我在巴黎街头偶遇导演罗曼·波兰斯基（Roman Polanski），他在 20 世纪 70 年代因为涉嫌强奸少女而逃离美国，至今不能踏足美利坚。这样倒掉的人我可以说很多，原因不一而足，共同之处不是所谓"人设"的崩塌，而是因为他们触犯了法律和道德底线。

一个人假装清纯、高雅、爽朗、博学都与我无关，我可以喜欢或者不喜欢，买单或者不买单。我只要求他——包括我，也包括每一个人，用同一种标准在法律和公序良俗的监督下小心谨慎、心怀敬畏地生活，经得起考验，对得起良心。否则，崩塌的哪里是什么微不足道的"人设"，崩塌的可能是我们的整个人生。

在这个造神毁神的时代，总有人攀到高处又重重摔下

哪些东西别人都说好，你却不喜欢？

不知你是否也有过这种感觉：有些东西别人都说好，可你偏偏不喜欢。比如一部爆款电影，整个朋友圈都在夸赞，你却并不觉得有多好看。有时候你觉得自己像个异类，好像总是和别人唱反调，与人群格格不入。

鲁小胖说，她希望能有勇气尝试和很多人面对面站立，因为"大家好，我也好，对我来说才是真的好"。

初一开学，我被分到了女生班。那一年，我们学校初中新生男女比例严重失衡，勉强凑成三个男女混合班，剩下五十三名女孩就组成了大概当时全北京唯一一个纯女生的班级。物以稀为贵，我们这个班格外引人注目，小女生的虚荣心因此获

得极大满足。我们几个班委决定，既然女生班是一道特别的风景，那我们就做一套班服，重要场合全班统一着装，亮瞎大家的眼睛。

某天放学后，我们几个人从位于民族宫附近的实验中学骑车去了西单和三里河，终于找到一家愿意接单的裁缝铺，连面料加做工，每个人收三十六块钱，那个年头好像也不便宜。第二天班会，我们宣布了这个决定。现在想来，这是一件明显缺少民主程序的事，四五个小女孩，自说自话替五十三个人做出了决定，居然获得了通过，只有一个反对的声音。我还记得，那个女生倔倔地表示，她回家自己买料子自己做。

一个月后，我们穿上了豆绿色 A 字下摆系腰带的连衣裙，样子还真的挺好看，今天穿也不土。只有那名女孩，因为是自己买面料、自己缝制，和我们五十二个人站在一起总有些不同。如今回想起来，她也许是因为家里经济不允许，也许仅仅是因为不喜欢我们武断官僚的做法，而站在了全班的对立面。

甲之蜜糖，乙之砒霜。如今的我骨子里早已成为了当年的那个女孩，只是绝大多数时候我要委屈隐忍，这是不得已而为之，是顾全大局。

有一个阿姨，每次见到我都和蔼关切地催我："什么时候要孩子？""要个孩子吧，多好啊。"一开始我还尴尬地微笑回应她所谓的好意，到后来我几乎要翻脸了。我要不要孩子，关你什么事啊？这样的问话对于一个女性来说，很有可能是残忍的，至少是不妥的，你怎么知道别人经历了什么，或正在经历着什么。要不要孩子，也许不是理所当然，不是轻松一笑的事，而是一个女人神圣或艰难的人生选择。

小赵是我中学学姐，比我高一年级。学生时代就是个敢爱敢恨，爱起来飞蛾扑火、充满勇气、不计后果、不怕伤痛的女孩。她爱上一个藏族男孩，就开始学藏语，天天在他们宿舍里点藏香；后来她爱上比我们大很多的工厂工人，就天天跑去人家男职工宿舍，用电炉子煮白菜煮面条。她的爱情我当年总是看不懂。

小赵不好看，但是碰到自己喜欢的男孩从不自卑，总是直接把对方挤到退无可退，就一句话，我喜欢你，你喜不喜欢我吧。毕业后，小赵很快结了婚，她的第一个老公挺帅的，很爱她。可是这个不省心的大姐，工作期间爱上了一个和她合作的西班牙老头，对于当年二十几岁的我们来说，那真是老头啊。

小赵不会瞻前顾后，不会欺骗，不会脚踩两只船，她第一时间告诉老公，两个人离婚，然后义无反顾地和因为这出绯闻而被中方解除雇佣合约的外国老大爷走到一起。老头没了工作，两个人只能靠小赵微薄的工资过日子，转眼间二十年就过去了。有一次出差国外，我去看过他们，他俩的孩子也大了，老头更老了，两个人依然过着清贫的日子。

小赵的爱情我一直不太懂，当然，她的爱情也不需要我懂。当年所有人都认为她应该留在北京，和那个男孩在一起，可小赵眼都不眨一下，几乎和全世界为敌。我不知道，换作是我，是否有勇气做到。

还好，生活中这样大是大非大喜大悲的时刻凤毛麟角，更多的是些无关痛痒的生活细节，从众还是从我，似乎都不要紧。比如，大家都追宫斗剧，我没看过；比如，人人都喜欢麻辣烫、烤串，我的确不知道它们好吃在哪儿——当然，烤腰子除外；再比如，网上评分很高的电影、电视剧、综艺节目，我几乎都看不下去，就觉得讲"9·11"事件的《巨塔杀机》（*The Looming Tower*）和英剧《贴身保镖》（*Bodyguard*）好看。

我越来越相信一个颠扑不破的真理：**人见人爱的人多半没有那么好，而那些被群嘲、被狂踩的人，似乎也没有那么糟。**在这个造神毁神的时代，我们会看到一个又一个人攀到高处又重重摔下，这样的例子比比皆是。谁的生活都经不起众人的围观品评，被吹捧或者被棒杀的时候，我们都要清醒、淡定，不狂喜、不焦躁、不妄自菲薄，也不忘乎所以。

萨特说，他人即地狱。小时候我觉得这句话"反动"无比，如今却明白了其中包含的人性的复杂和微妙。我只希望我吃东西是因为我饿了、我馋了，而不是因为该吃饭了；我爱了是因为我爱了，而不是因为他合适、正确，让别人看来赏心悦目；我哭或者笑，顺从或骂人，都是因为那是我的意愿和表达。

今后，我希望我有勇气尝试和很多人面对面站立，那不是自私，而是自我，是相信我的感受无可替代也无比重要。

大家好才是真的好，嗯……很对。但大家好，我也好，对我来说才是真的好。

你经历过哪些"眼见不为实"？

你经历过哪些"眼见不为实"？你最难以接受的又是哪一种？

在问卷调查中，虚假新闻、伪造的聊天记录和美颜相机里的各种自拍占了前三名。

就像有网友说的，自从有了Photoshop，那个"眼见为实"的时代就已经过去了。

人性的真相更加难辨，但鲁小胖说，只要还渴望真相，我们就是在接近它的路上。

几年前有个采访选题，让团队和我兴奋又犹豫不决。那件事一直牵动着公众神经，够热够炸。难得的是，当事双方沉默许久之后，几乎同时想发声，而我们迟迟下不了决心，是因为担心无法接近真相。不过尽管风险、难度都很大，我们还是想试一试，因为那样的选题根本没有人能够拒绝。而为了公平、客观和安全，我们挑选了不同时间，提前和双方当事人见了面，彼此熟悉。

连续两天下午，每次将近五个小时的长谈，我一直在观察、体会，也在聆听、询问、审视。于是，同一个事件，我听到了两个完全不同的版本，怀疑、相信、同情，还有不屑、愤怒、困惑、绝望甚至恐惧，你能够想象得到的种种极端又矛盾的情绪反复在我脑海中出现。两场漫长的会面结束以后，我感到无比疲惫，内心完全被撕裂了。而那个叫真相的东西不仅没有更近、更清晰，反而变得更远、更模糊。最终，因为种种无法细说的原因，节目录了一小部分就暂停了。

直到今天，想起那次事件的某方当事人和我说话时看着我的专注的眼神、流下的眼泪，我仍然感到内心被割裂，一半相信一半怀疑。相信他的时候，他是隐忍坚强的；怀疑他的时候，他就是那个能够给自己洗脑、催眠自己撒下弥天大谎的魔鬼。那两个下午，当我直面人性的时候，我困惑了。

而至于生活中很多本来应该清晰明了的时刻，我已经习惯性地去怀疑和否认。比如看到的图片和视频、网上搜索出来的信息、一篇又一篇栩栩如生的人物特写文章，我总是会本能地以我有限的经验判断，去粗取精、去伪存真地相信那么一小部分。

还有很多时候，我根本是悲观的。比如有些事，时过境迁，当你坦诚地向别人说出百分之百的真相时，对方的反应明明白白地写着"不相信"三个字，至少，将信将疑。

柯南说过，真相永远只有一个。只可惜真相和我们感受到的、愿意相信的时常并不统一。因为每一个真相背后都有着复杂的人性与各种机缘巧合。我只害怕，当终极真相出现在我面前的时候，我已经失去了辨别它的能力。

而如今的时代要求我们不仅为自己此时此刻的言行负责，也要保证在多年以后，外部环境发生了变化，哪怕共同的认知标准改变以后，自己的言行仍然经得起考验，否则我们被 diss、被"吊打"时都要承受，不要辩解。因为真相不会改变，但是我们接受真相的标准可能会变化。不过有些话似乎永远都有人说，也似乎永远都正确，就比如"这是最好的时代，也是最坏的时代"。

反正我觉得，越是表达自由、随心所欲的时刻，我们接近真相的道路似乎越崎岖。可是**我们只要还渴望真相，就是在接近它的路上**。而在接近真相的过程中，我只希望我们都不要丢失人性中的善良、执着和光明。当然，知易行难，尽力而为吧。王尔德说过（他和鲁迅一样，常常被人引用，可有些话他压根就没说过，但这句话，的确出自他口）："A truth ceases to be true when more than one person believe in it.（一件事实只要超过一个人相信，就不再是真相。）"

"塑料姐妹花"时代，女性友谊被低估了吗？

女性友谊真的很脆弱吗？

在相关问题调查中，18.87%的读者给了肯定答案，@王京认为，女性过于感性，所以常常分分合合。另外81.13%的网友否定了这种说法，@潘妮说，不是友情脆弱，是人脆弱，友谊可不背这个锅。

还有一些人觉得，一段友谊是否脆弱，与性别无关，而是在于双方是否都付出了真心和赤诚。

关于女性友谊，鲁小胖也有她的看法。

一谈到友谊，女性友谊，我体内平日冬眠、偶尔醒来的女性主义，瞬间又警惕地睁开了双眼。

某天，我结束了一段"塑料友情"。方式简单粗暴，极其孩子气，就是微信拉黑了她。原因就不说了，拉黑之后我才意识到，我们其实根本算不上是朋友，偶尔见个面，吃个饭，说三道四，似乎分享过那么一点点彼此的生活情感。可是这样潦草的关系常常会被误认为是友情。所以，不是女性的友谊格外脆弱，而是女性常常会把短暂的热络误解为友谊。

我妈有两个闺蜜，都是大学同学，三个如今满面慈祥的老太太当年都是梳着大粗辫子的女生。几十年的朋友了，她们经历彼此的成长、心碎、快乐。在一起的时候，她们会抱怨各自的婚姻、孩子和对日渐老去的恐惧吗？

对所有情感而言，时间才是唯一和终极的正义。几十年的陪伴就是爱的证明。

平日里，女性题材的电影只要不太烂，我都喜欢看。1996年上映的 *The First Wives Club*，翻译成《前妻俱乐部》或者《大老婆俱乐部》，因为里面有我喜欢的黛安·基顿（Diane Keaton），我翻来覆去地看了很多遍。影片讲述了三个大学时代的密友，虽然生活道路与境遇不尽相同，但有一点一样，那就是她们都在人到中年之后被丈夫抛弃，于是姐妹同心，开始向负心汉复仇，并且收复失地。

影片中女性的受害者心态、对女性形象刻板的描画，还有对年轻女性的敌意，如果放在今天，会显得政治极不正确。但是电影的确很有意思，那些无伤大雅的报复很是治愈和解气。

片中三个女人之间的友谊也很可贵。贝特·米德勒（Bette

Midler)、黛安·基顿和戈尔迪·霍恩（Goldie Hawn）三名演员，当年刚刚年过五十，在影片结尾，她们穿着白色的西装长裤又唱又跳："I am woman, hear me roar, in numbers too big to ignore.（我是女人，听听我的呼喊，人数太多无法忽略。）"每每看到这里，我都会热泪盈眶。命运多舛又怎么样？年华终会老去又怎么样？就算始终孤身一人又能怎样？还是庆幸自己生为女人。

尽管生活中任何琐事都不能靠几个女人载歌载舞来解决，可我仍然感动于因为同病相怜、彼此依靠、彼此鼓励而生出的对世俗环境与困难毫不在意的底气。

有一部美剧《宿敌：贝蒂和琼》（*Feud: Bette and Joan*），可惜没有大火，但是我仍然看得意犹未尽。这部剧讲的是 20 世纪 60 年代，两位在三四十年代曾经风光无限的好莱坞女星贝蒂·戴维斯（Bette Davis）和琼·克劳馥（Joan Crawford）都面临事业下滑、入不敷出的人生困境，两人从来水火不容，但是为了挽救各自低迷的事业和人生，她们合作出演惊悚片《兰闺惊变》（*What Ever Happened to Baby Jane?*）。两位一个比一个能"作"的天后，让电影拍摄本身就无比惊悚，看得我心酸又快乐。

这部剧貌似是 diss 女性之间表面和气背后扎针、为了上位无所不用其极的反女性的电视剧，更何况两位大姐连表面和气都不演，一见面就掐，可我还是被女性间最匪夷所思的友情打动了。

我一直坚信琼和贝蒂是互相欣赏的，她们只是不愿承认，因为没有比她们俩更能了解彼此的痛苦、窘迫和恐慌的人了。她们就是彼此。而你不用对自己说"我爱你""我心疼你"吧。于是她们永远彼此争斗、较劲，可我总是一厢情愿地相信，这是两位传奇女人对彼此最高的评价。

另外，琼在剧中有个女佣，琼管她叫玛玛锡塔（Mamacita）。这是一个脸上永远写着各种不服不耐烦、所有的话从嘴里永远是横着出来、口气极冲、脾气极坏的女人，可她几乎是琼唯一的朋友和伙伴。她打扫硕大冰冷的豪宅，陪着琼抛头露面去商演赚钱、拍摄各种一言难尽的低成本烂片，处处护琼周全，她一个人就是琼的团队与家。

琼有一次酒后失态，冲玛玛锡塔砸了酒杯，玛玛锡塔愤而离去。可是当琼晚年在纽约一个人搬进小小的公寓、凡事亲力亲为、看得我唏嘘不已的时候，玛玛锡塔居然出现了。房门打开的刹那，琼看到玛玛锡塔又吃惊又兴奋的样子，让人感动。这也是一种女人间的友谊，和女人一样坚韧，足以跨越阶级、地位、背景和时间的障碍。

男人常被吐槽，但男人间的友谊没有人质疑。女人则不同，今天好明天散了的是塑料姐妹情，而几个年龄相仿、认识多年且相亲相爱的女人一起旅行聊天，陪伴并见证彼此的人生，人们看到了，羡慕之余又会加一句："她们竟然这么好！"其中的言外之意总让我好气又好笑，难道女人间真实存在的友谊就那么难以理解吗？

从小到大，我在不同阶段有过不同的好朋友。小学五年级前，一个圆圆眼睛的女孩和我形影不离，可是她转学之后我们再没见过面。初中，同班两个女生是我的闺蜜，可惜高中我没能考取本校，读了另一所中学，直到几年前，我们才再一次相见。

　　这一路，我交朋友，然后又和她们走失，我们的友谊不柴米油盐，但也真实无比。可是**生活与成长比所有的情感都强大，决定了一份情感的留或走，几十年的人生，我们绝大多数人都只能陪伴彼此一段时间。**但是总会有一两个人，或者一些人，就是那么巧，可以和我们一起在人生的结尾肆意高歌。

没有谁能为你的痛苦买单

有哪些值得我们警惕的流行观念？

读者 @格桑发现，网络流行语已经在不知不觉中影响了很多人，无数公众号推送的文章很容易让人迷失。她说，其实应该警惕的不是流行观念，而是失去判断的能力。

鲁小胖说她也能举出很多类似的例子。但可怕的不仅仅是观点的对与错，"更在于它背后所代表的抹杀个体、以偏概全和蛮横霸道"。

周一团队开会讨论下一步的节目拍摄方案，有编导报了逃跑计划乐队的选题，我愣了一下。那首《夜空中最亮的星》，我曾经天天单曲循环，听了将近一年。即便如此，我还是问编导为什么要采访他们，给我个理由。"因为团魂。"编导回答得很干脆，这是我听到的最情理之中又意料之外的答案，让人无法拒绝。

"团魂"是个很日范儿、很年轻、阳光、充满爱与包容、瞬间能将人点燃的词。我喜欢团队合作和我为人人的崇高感、归属感、荣誉感，但当年的我又隐约明白，在强调群体的时候，个人的微不足道会益发凸显。然而，每一个个体都是独特的存在，每一个个体的体验都无可取代。既然群体永远大于个体，那么我是不是要格外呵护独立与独特，不失去自我呢？

还好，曾经的坚持没有让我变得自私怪异，我愿意为他人着想，又内向害羞不善表达地固守着自己的原则。生活待我不薄，但我又始终保持某种警惕。

所有美好的流行，比如网飞最新的热播剧、重新大热的皇后乐队的歌曲、开到北京的 Lady M 蛋糕、星巴克的限量熊爪杯、我家对面超市卖的新鲜正宗的猫山王榴莲……这一切我都乐于参与。

我警惕和抗拒的是标准答案，是可能失去寻找答案的动力和能力。因为寻找答案有时远比获得答案更重要。借用时尚界的一句话吧：流行易逝，风格永存。据说可可·香奈儿、伊夫·圣·洛朗（Yves Saint Laurent）都说过，听起来这话的语气风格很符合他们的调性，淡淡的，不动声色地睥睨天下。

无伤大雅的流行消失与否并不要紧，追的时候快乐就好。比如某条死贵的潮牌牛仔裤，买回来勉强穿了一次就一直塞在抽屉的最深处，上身率最高的反而是十年前在悉尼花差不多一百元人民币买的无名牛仔裤。我冷眼旁观的是流行的观念和思想。

一名读者留言说："但凡能打动、鼓励你的，都是你内心的缺口。"我同意。**那些貌似击中你的铿锵有力的名言金句，只是碰巧碰到你的软肋而已。**而我们每个人有十二对肋骨啊，被碰到、被感动很正常，只是不要被那些流行思想中的强权、傲慢带乱节奏。金句作者、十万加的公号文章，包括我，根本不了解你的生活，也不会为你的痛苦买单。

"平淡是真"当然对，可你凭什么对一个没经历过人生、刚刚开始打拼的年轻人，摆出一副疲惫的看透一切的样子说教呢？"连身材都掌控不了的人何谈掌控人生"，这话听起来就无比傲慢，自以为是。"不要让孩子输在起跑线上"，这话常被吐槽，因为给孩子压力太大，但它真正的危险在于掩盖了教育最致命的问题：输还是赢，本来个人标准就不同，孩子也自有他的人生，输赢轮不到别人说。这句话还让人忽略了，教育的关键是国家、社会如何给孩子设立一条公平的起跑线。

我还可以举出很多类似的例子。可怕的不仅仅是观点的对错，更在于它所代表的以偏概全和蛮横霸道。我的警惕肯定会有小题大做、因噎废食的时候，但逆潮流而动是我能想到的唯一方法。永远静静地站在喧嚣的对立面，仅仅是为了让自己站在临界点，努力向正确方向靠近而已。

所以，stay foolish, stay hungry, stay awake（求知若饥，虚心若愚，保持清醒）。

所谓的免费幸运，背后都贴着我们看不到的价签

如何面对突如其来的好运？

2018 年，网名为"信小呆"的网友参与了支付宝的抽奖活动，并成为三百多万人中的幸运儿。网友纷纷表示羡慕，转发她的照片，吸收好运气。

之前向读者征集过相关的幸运故事，很多人只回复了无比"扎心"的一句——没有。

鲁小胖说，她没偏财运，会假设周围的一切免费与己无关，但也同时期待着，那些犯傻、出丑和摔跤的人生经历，正积攒着一个巨大的礼包。

我耐着性子深吸了好几口气，看完同事给我"扫盲"发来的信小呆大礼包清单。看到最后，我几乎烦躁起来，满脑子扫

兴地写着两个字：麻烦。一样又一样看起来很美的礼物，恰恰说明世上没有免费的午餐。

那么一大堆有些用得着、有些估计只能送人的礼物，需要信小呆飞去美国、加拿大、西班牙、澳大利亚、新西兰、新马泰、韩国、日本，还有我国港澳台地区，去很多家百货公司才能拿到。

当然大部分机票住宿可以免费，而领取礼物之旅，也顺便周游了世界各地，听起来简直妙不可言。可是旅行这么私人、放松的事，一下子变成了一种任务，一篇命题作文，一场至少要跨越一两年也许更久的奇幻之旅，很有可能要辞职，要改变人生轨迹，要各种放下、放弃、结束、冒险、重新开始，而重启人生的原因竟然是为了那一大兜子有了好没有也好的化妆品、衣服什么的，我觉得匪夷所思，又觉得疲惫不堪。

想送我东西请直接送到我家里来，快递费你出——这才是送礼物的正确方式，其他的都是为了商家的宣传，给我添麻烦而已。商家当然没错，我只是想证明我从小到大的信念：这一生，我要负担自己和家人的生活，因为没有人有义务为我买单。所有的免费背后都有各种附加条件，桩桩件件加起来合不合算，个人标准不同，反正我觉得不值。

有人会反驳我说，因为你赚钱比我们多，当然不会在意这些，可我们的薪水就那么点，谁会不羡慕这样一次免费看世界的机会呢？可正是因为我们还没有想干什么就干什么的财务自由，才要以平常心看待周围仿佛比比皆是，却永远轮不到自己的好运气。这是不是阿Q精神、"酸葡萄"心理都无所谓，因为这首先是理性。

我从小就是个扫兴悲观的孩子。我不相信所谓的免费幸运，我坚信所有运气背后都贴着我们看不到的价签。还好，我这种与生俱来的"丧"，转换成了独立、自主。我从小就知道，这一生，我的单我来买。所以除了挚爱亲朋的好意，周围的一切免费，我都假设和我无关，并且本能地极其谨慎地怀疑着、抗拒着——**所有的免费，有一天都需要我用更高的代价来换取。**事实也的确如此。

大师说过我没有入错行，但也绝对没有偏财运，大师就是大师。从小到大，我连一张电影票也没有抽中过；遇见百货公司打折，我看中的衣服一定是新款，或者压根就没有我的号；信用卡积攒了好多分，那是我花了很多钱才换来的好吗，也没个鬼用；买了酒店的优惠卡，有各种打折免费券，我兴高采烈地跑去前台订个房间，被温柔地告知免费房间今天没有房源。

一路求学工作，我的确很顺利，运气不错，但我心里坦然，辛苦、付出、忍耐、牺牲，这些干净公平也残酷的代价，一样都不会少。我从来没有羡慕过大礼包，也从来坚信大礼包和自己无关。

我有个女朋友是个网购达人，她时常出差，于是偶尔会有各种千奇百怪的东西寄到我家，由我帮她签收。有一次收到她一条肥大的蓝布裤子，我拍照给她看，她连发几条语音问我质地怎样，如果不好要退还给卖家。我说还不错，问她多少钱，她说八十。我被气乐了，我没法假装接地气地说，八十也不便宜了呀。因为八十一条的裤子让我觉得，我在专卖店买衣服简直就是有病。

想想我的购物车里那几件毛衣长裤的价格比她的多至少一个零，我就又气又惊，但转念一想，又心平气和地保存了我的购物车，因为一切都很公平。淘宝是她的生活方式，对她来说，那段寻觅、比较和讨价还价的过程不仅仅能让她买到性价比最高的商品，也能使她放松。花时间换来优惠，她喜欢。而我呢，没有这份耐心和能力，就只能多花些钱，也不算是冤枉。我会时常羡慕别人生活中偶尔闪现的幸福祥和，但我从来不会羡慕别人的人生。

当然还是要恭喜信小呆，至于我们其他人，这一路我们犯傻、出丑、摔跤，就是为了积攒足够的分数和里程，好在人生某个节点，换一张毕业证、通行证，一个我们期待的巨大礼包。

爱是疲惫生活中的
英雄梦想

有一天我恋爱了，一定重色轻友

你如何看待身边重色轻友的朋友？

人类学家曾通过研究指出，"重色轻友"是因为我们的大脑处理亲密关系的能力有限。由此可见，"重色轻友"也确实有些"身不由己"。

鲁小胖说她曾经笑着骂过朋友"重色轻友"，也被朋友笑着骂过自己"重色轻友"。在她看来，友谊的最高境界，就是欢欣鼓舞地看着朋友因为重色轻友而把自己晾在一边。

我曾经笑着骂过朋友"重色轻友"，也被朋友笑着这么骂过。骂和被骂的时候，我们其实彼此心里都快乐，也为对方开心。友谊的最高境界，就是欢欣鼓舞看着朋友因为重色轻友而把自己晾在一边。心里当然酸酸的，还有些哀怨和惆怅。然而，倘若有一个人能让你愿意为 TA 在迫不得已的时候变成"不够意思"的人，比如最后时刻推掉约好的饭局、电影，甚至一场旅行，这样的人生挺活色生香的呀。如果有一天我变成这样的人，朋友们打我骂我都可以，但千万别拉黑我……因为当爱情逝去，我仍然需要他们为我疗伤。

写到这里，我的朋友 Helen 一定又会教训我了。她会说，如果你相信一件事会有好的结局，那它就一定会有好结果，反之亦然。她最近一次这样对我语重心长，是我们俩在国贸吃川菜的时候，她夹着一大块猪肝，表情严肃。

和 Helen 在一起的时候，我有种被邪教组织洗脑的感觉，会信心爆棚，会积极乐观到完全不像自己。可一个人回到家中，我仍然是我。比如我虽然相信爱情，但也清楚人性，所以仍然一如既往地悲观。在爱情中我了解自己，但无法强求别人，所以只能尽力去爱，然后听天由命。

英格丽·褒曼(Ingrid Bergman)在电影《钓金龟》(*Indiscreet*)中有一句台词："When love is right, everything is right.(当爱对了，一切就都对了。)"当一切都不对的时候，心里的溃不成军只有友情可以拯救。

关于重色轻友，最最"令人发指"的真实案例发生在我的朋友窦文涛身上。

当年刚到香港，我和许戈辉、文涛某天在公司附近的大排档吃午饭，清蒸鲩鱼、蚝油芥蓝、咸蛋肉饼已经上齐，我刚夹起一块鱼，文涛的电话响了，他甩着半咸不淡的广东话聊了一分钟，然后起身冲我和老许说，我有事，先走了，你们吃吧。

然后，他居然就走了！我和许戈辉愣在那儿，笑着骂了一句"重色轻友"。然后，我们俩同时愣了一下，几乎又是异口同声地说："咱俩也算'色'呀……"语调特别悲凉。事后我俩就此事批判文涛，在关于我们俩是不是"色"的"大是大非"的问题上，文涛无比邪恶地嘿嘿笑着，始终没有表态。

重色轻友的事例不止一件，比如我的一位"千年备胎"女友，无论何时何地叫她陪我吃饭，她永远有时间。有一阵她谈了恋爱，某天傍晚我不解风情地发微信给她说"一起吃晚饭吧"，她居然回复说"晚上约了那个男孩"。我当时看着手机，愣了半天没回过神来。

不止被朋友"轻"过，我也同样"轻"过朋友。具体案例无非就是因为专注二人世界，缩短了陪朋友的时间。以前几乎天天长在一起，某天开始我就淡出了。可是，归根到底，我们都会为"重色轻友"的那个人而高兴，因为那意味着 TA 至少有了一个开始、一个可能性。

当然，所有需要重色轻友、小心翼翼才能维持的爱情，只属于情感的初级阶段，这是爱情最微妙、最折磨人，但也可能是最甜蜜的时刻。一方面是两个人彼此吸引，而另一方面也因为其中一方爱得没有把握。通常恋爱第一年就是这样痛并快乐着的阶段，仿佛探戈一般你进我退、彼此试探、彼此适应，相互学习信任。

我的朋友 Lydia，就正谈着一场无比甜蜜又让她极其缺乏安全感的恋爱，她隔三岔五就会经历过山车一般的状态。其实什么都没有发生，男生很好，两个人在一起很幸福，这段情感也在以正常的节奏向前发展，只是 Lydia 爱得太投入了。

她一直习惯于独立自我，如今碰到一个让自己心甘情愿放下所有骄傲的男人，她诚惶诚恐，唯恐做错什么而失去对方。性格紧张如我都看不下去了，时常会劝她，谁也不是纸糊的，你可以爱得放松一点，对方接得住。这些都是 Helen 的原话，我现学现卖。而道理 Lydia 都明白，只是她仍然认真辛苦地爱着。我无比理解，又觉得匪夷所思，心里还有羡慕。原来低到尘埃里，真的不只是女文青的矫情而已。

一个睿智的女朋友曾经对我说，热恋期间应该以维系两人的关系为主，说不定真的结婚了呢。我频频点头。她又说，**真正的朋友不在于一年两年，而在于长久相伴，是在对方处于困境和低谷的时候，竭尽全力陪伴和安慰。**我当时几乎流下眼泪。

天长地久的友谊很多，天长地久的爱情似乎也有，但很少，而且别人的幸福，我们无从判断。可是就像詹妮弗·哈德森（Jennifer Hudson）在《欲望都市》（*Sex and the City*）中说的：Love is the thing, you know, I'm not giving up on love.（爱就是这样，你知道的，我不会放弃爱。）所以如果我的朋友因为爱情重色轻友，我会笑着骂 TA，但真心为 TA 高兴。

　　而如果我恋爱了，我多半也会重色轻友。那怎么办呢！

在爱里我们都得拼尽全力

这个世界上存在无条件的爱吗？

@月白说不存在，她认为爱一个人就希望得到对方回应，所有关系的维系都需要双方付出。@小z也认为这种爱不存在，他为一个女孩付出全部，但未能换来任何回应，他说真的累了，不愿意再无条件地付出了。@喜糖则认为无条件的爱只存在于亲情中。

想知道鲁小胖怎么看待这个问题吗？一起来看看她的想法吧。

2016年，电影《比利·林恩的中场战事》（*Billy Lynn's Long Halftime Walk*，又名《中场休息》）上映前，我去台北采访李安导演。有才华有成就的人并不少见，少见的是这个人不恃才傲物，不睥睨一切。李安导演谦和、温暖，举手投足间散发出的儒雅让人如沐春风，他代表了我能想象的所谓魅力、性感的极致。可是这样一个人，居然有些不安地说，他还是要每天努力，才能赢得家人的尊重和爱。

几年前我去国家大剧院看普拉西多·多明戈（Plácido Domingo）参演的歌剧《图兰朵》（Turandot），全场没顾得上惊艳歌王的宝刀不老，因为女主角图兰朵巨大的身形让我一直出戏。我不能怪别人对我的身材评头论足，我也有偏见。太胖的确不符合我对舞台上那个美貌的复仇公主的想象，她凭什么让人拼死向她求爱呢？才华与有趣的灵魂，这些隐性的特质仅靠远观根本感受不到。

小时候看电影《霓虹灯下的哨兵》，觉得电影中描绘的上海和我从小生长的城市根本不像，因为困惑而产生好奇。影片中有个落后典型：三排长陈喜。他随部队进驻南京路后，生活态度有了巨大的改变，开始嫌弃同样来自农村的妻子春妮。

即便今天，我仍然本能地站在春妮一边，觉得所有在情感上那么容易就被诱惑从而动摇的人，挨骂也是活该。可即便是当年那个年幼无知的我，也隐隐觉得陈喜并不是十恶不赦。爱的开始也许说不出理由，但爱的改变和结束一定有迹可循。就拿陈喜来说，生存状态和环境的改变导致视野、习惯甚至审美的变化，最终带来情感的转变，也符合人性。

我不以为然的反而是，电影凭什么就把漂亮能干独立的春妮变成哭哭啼啼的受害者？我要是春妮，没准我先看不上陈喜呢！不就是进了上海嘛，只几天的工夫就眼花缭乱、乱了阵脚，这么没有定力、容易见异思迁的人，格局太小了，根本不是个有魅力的男人，不值得留恋。话虽如此，影片最后陈喜迷途知返，和春妮和好如初，我还是长出了一口气。

不变的长久的爱是美好的，不变的长情的人是美好的，可世上唯一不变的就是变化，谁也不能任性地要求情感为自己停住脚步。

无条件的爱是个伪命题，灰姑娘如果不是美貌无边，也穿不上那双水晶鞋。看看凯特，看看梅根，二人是平民家庭出身的女孩没错，但她们并不是平庸的女孩。当然，美貌绝不是一切，很多时候美貌什么也不是。

某次在台湾，很想去看一部关于玛格丽特·杜拉斯（Marguerite Duras）的电影，身为女性，我对她的一生痴迷好奇，当然绝不羡慕。她和乔治娅·奥·基夫（Georgia O'Keeffe）、苏珊·桑塔格（Susan Sontag）一样，都是拥有巨大生命能量的女性，这样的女性绝不可能平常地过完一生。无论事业还是情感，她们常常惊世骇俗，对世界的巨大吸引力，来自于她们的才华、思想和无与伦比的人格魅力。

杜拉斯的最后十年，身边是雅恩·安德烈亚（Yann Andréa）。苏珊·桑塔格最后一位恋人，是和她一样才华横溢的著名摄影师安妮·莱博维茨（Annie Leibovitz）。所有这些或平淡深远或波澜壮阔的情感故事都只说明一点：**这世上没有无缘无故的爱，当**

然也没有无缘无故的恨。你爱某个人的美貌、才华、性格，甚至爱 TA 讲话的声音、做饭的背影、和父亲一样厚实的肩膀，这能带给你前所未有的家的温暖，这一切才是爱发生并延续的原因。

多年前，我采访留守儿童，节目现场，其中一个女孩的父母突然出现。女孩的表现让人心碎，她不哭，不激动，表情淡淡的，唯一明显的情绪变化就是有些不知所措，和那么一点点尴尬。女孩的妈妈一直抱着她抹眼泪，而女孩的身体一直是僵硬的，几乎一动不动。事后我反思了这一时刻，所有人的初衷都是美好的，效果也无比感人，唯一被忽略甚至错判的是女孩的反应。我们都忘了，亲情也不是理所应当的。

在女孩成长的关键时期，父母因为生活所迫离家打工，女孩对父母的印象就是每年春节那短短的几天。对孩子来说，爱就是陪伴，孩子没有办法在规定的时间、场合配合观众的情绪，瞬间表现出她被陌生的父爱母爱打动。而我也心疼那对父母，生活让他们没的选择。

这世上，所有的爱都是自然发生的，我们成为父母的孩子、孩子的父母，我们为某个人怦然心动，也让某个人坠入情网。但，我们只有拼尽全力，把为人子女、父母、手足、朋友和亲密爱人的使命做到最好，这努力的过程就是我们爱与被爱的证明。

亲密关系中的隐私边界在哪里?

如何把握亲密关系中的边界感?

每个人都有隐私,可是对于处在亲密关系中的人,隐私显得尤为难处理。我们有时或许需要人倾听共享,但有时也想拥有属于自己的空间。在一段亲密关系中,彼此的隐私边界到底在哪里?

鲁小胖说,她想不出一个安全的标准,但她相信,爱的边界就是尊重、信任和自由。

亲密关系中的边界感,我总是把握不好,道理都懂,但操作起来很难。

倘若一个人和我陌生疏离,那我进退得当,有礼有节,说到底,因为我压根就不在乎他。此时,人与人之间礼貌安全的边界就自然地显现了。可是，一旦我和他是家人，是亲密的朋友，那么，信任、依赖和爱会让我失去成年人应有的矜持、冷静和做事的章法。

还好，虽然我欠缺安全感，依然不成熟，但总算被生活修炼出了一定的耐心和承受力。

所有的情感专家、过来人和"鸡汤"文都会告诉我们，双手握紧的时候，手中的沙粒流失得最快，而只有将手放松，把风筝线轻轻攥在手心，你珍视的一切才不会消失。

可是，没有人会告诉你，如果摊开了手掌，最不经意的轻风、最微小的震动都会让沙滑落；而你的风筝只要在空中飘荡，就有可能远远地飘走，再也不回来。可是，除此之外，你别无他法。

爱的边界是尊重、信任和自由，它是让爱可以呼吸、成长、延续的唯一方法。

朋友 A 的老公在饭桌上用手机听歌，A 一边宠爱地说："他呀，最近刚刚学会下载歌曲和视频。"一边就指着屏幕对他说："你把它横过来呀，这样画面会更大。"她老公孩子气地半真半假地说："我就这样看，你管我干吗？"

朋友 B 的老公相当大男子主义，我这位闺蜜就语重心长地对我说："放手让他去做决定，但我会随时准备善后，并且绝不埋怨一句。"

朋友 C 的男友天性自由，做事投入。一旦忙起来，一两天都有可能不搭理她。C 颇经历了一段患得患失的痛苦时期，如今总算接受野马需要空间的事实。

这样的例子在我身边比比皆是，可是写出来很容易被批判：为什么所有的事例中都是女性在隐忍，在退让，你们的独立风骨去了哪儿？

我的回答是：

一、女性的独立、自主、尊严并不体现在和亲密异性的情感较量中；

二、我是女性，女性永远是我观察和参与这个世界的切入点；

三、毋庸置疑，女性在家庭情感中的作用至关重要。

那么亲密关系中的边界感到底在哪里呢？太远，人们就走散了；太近，又会让彼此窒息，可是我想不出一个安全的标准。唯一可以遵循的法则似乎只有"己所不欲，勿施于人"，"己所欲"也不一定要"施于人"。

我不喜欢被人逼到墙角，不喜欢把工作带到生活中，尤其不喜欢家人干预我的工作；我不喜欢被人管东管西，可是也不喜欢被冷落……推己及人，如此矛盾又难以拿捏的方法，是我在维系一段亲密关系中唯一该做、能做的。

生活就是无比的吊诡。边界感一方面阻止了我们真正的水乳交融，另一方面又确保我们的亲密得以尽可能拥有最旺盛的生命力。而毫厘之间，我们的生活就是截然不同的天地。

亲密关系中，如何把握任性的"度"？

亲近的人应该承受你的真实情绪吗？

和父母打电话，很容易不耐烦或发生争吵？和伴侣在一起，很容易情绪失控？在亲近的朋友身边，更容易闹脾气？在调查中，有91.39%的朋友表示，这三条至少有一条经常发生在自己的生活中。

那么亲密关系中的另一半，是否该成为我们真实情绪的承受者？来看看鲁小胖怎么看待这个问题吧。

大学时，每次上英文翻译课都很欢乐。由于文化习俗、政治生态、生活方式、思维习惯等差异，中英文之间偶尔存在难以意会，更无法言传的语言鸿沟。

大二时有一天，在每日的英语口语课演讲环节中，一个女生讲她对未来生活的畅想。关于爱情，她的说法言简意赅："我男朋友今后必须让着我。"我们全班都听懂了，并且哄堂大笑。这让胖胖的非洲裔美国外教一脸困惑，他无法理解女生用英文表达的"让"的意思。

我们于是各种解释，越解释老外越不买账。他无法理解的地方在于，所谓"让"，根据我们的解释，就是当一方偶尔任性无理时，另一方也要不恼不怒、体贴关怀、充满爱意。他说这是没有原则，不可理喻，我们全班女生都觉得他才不可理喻。他没谈过恋爱吗？他不让着女朋友吗？

课上到后来，女生们差点和他吵起来，我当时如鲠在喉，但就是找不到恰当的词形容他，现在知道了，他就是典型的油盐不进的"直男"。但有一个不争的事实：关于"让"我至今都没有发现一个完美或近乎完美的翻译，而现在的我终于可以理解外教的反感了。**情感的生命力来自于共同成长，而它的基础则是平等。**

当年一群十八九岁的女孩对于爱所做的任性、幼稚、武断的解释，其实外教只需要从语法修辞上纠正，其他的，他根本不用和我们辩论。一切交给时间，生活自会修理我们。如今那十六名女孩大多为人妻母，"让"，这个词想必一直在她们的人生字典中，只是时过境迁，生活早已把她们修炼成人生句型中的主语，被"让"的是父母、孩子、另一半，这就是生活的真相和必然轨迹。绝大多数情感关系，都是以一方的任性与另一方的包容开始的。

七岁以前，我在上海和爷爷奶奶住，生活自由自在，也无法无天。我爷爷是个可爱的"昏君"，只要我一哭，他一定不问青红皂白，我那些表哥表姐，他随便抓过来一个就是一顿胖揍。还好爷爷奶奶在宠爱我的同时，也让我懂得礼貌和分寸感，小孩子可以任性，但不可以过分。

七岁以后，我回到北京父母身边迅速修身养性。我知道爷爷奶奶面前那一套在我爸这儿不好使，我爸绝不会打骂我，但他生气时脸一绷对我很有震慑力。我的任性开始收敛，这让我很快成长为一个能顺利融入集体、懂得与他人相处、识大体有规矩的人。这听起来是自我表扬，但说白了，我就是成为了主流人群中的一分子，而这也是大多数人共同的成长轨迹。

可是曾经那个任性的小孩永远都不会死，她偶尔还会冒头。现在的我，在任何一种亲密关系中都不会太任性，但也不会不任性。生活已经如此艰难，如果在亲人、朋友、爱人面前还不能想哭就哭，还要隐忍压抑、收放自如的话，那人生的意义何在？

如果我正单恋、失恋、百转千回，那我一定天天去烦我的朋友。而如果我的恋爱或婚姻正常甜蜜，那我的爱人就是我的终极听众，事业上的进步挫折、生活中的苦闷困惑、所有的自我怀疑和否定，我都会和对方分享，而他应该担得起，也必须担得起。

因为生活的开始，就像舒婷的《致橡树》里描写的那样：

"我们共享雾霭、流岚、虹霓"，而生活的延续与生长则要靠"我们分担寒潮、风雷、霹雳"。反正，我面对生活的终极态度是：你给我的一切，我都担得起，倘若你也如此，我会毫无保留。

爱和厮守不容易

感情中装傻的人会过得更幸福吗？

有人说男朋友经常不回微信，但她总是说服自己，是他太忙了；有人明知道对方不喜欢自己，还是在对方说出喜欢的时候选择相信；还有人假装不在意"现任忘不了前任"这件事。

鲁小胖分享了她很爱的一部电影，也讲了她对于婚姻和爱情的理解，如果你也对这个问题心存疑惑，来看看她的答案吧。

提到那些在感情中装傻的人，我会立刻想到马丁·斯科塞斯（Martin Scorsese）1993 年的电影《纯真年代》（*The Age of Innocence*）。这是我无比挚爱的一部电影，迄今看了至少十几遍。用一句话概括，影片讲述了一段发生在 19 世纪 70 年代纽约上流社会的三角恋情。如果用某些来历不明的自媒体惯用的句型总结，就是"她在感情中装傻，却在婚后被老公宠成公主，终成人生赢家"。

薇诺娜·瑞德（Winona Ryder）扮演的梅（May）表面一派天真，特别会装傻，始终不动声色地掌握着自己的生活。她看透从不说透，旁敲侧击、围魏救赵、敲山震虎、欲擒故纵，各种三十六计或者非三十六计的招数都游刃有余。而在滔天巨浪中，她一次又一次逃过了灭顶之灾。

论装傻的段位功力，没人能超越梅，可是我怎么就那么不喜欢她呢？我非常抗拒那些莫名其妙生来就集万千宠爱于一身，还一派天真烂漫、柔弱无比、特无辜的人。关键时刻，总有各色人等跳出来为她赴汤蹈火，我就讨厌这种剧本。这份朴素的憎恶多少来源于单纯的嫉妒和不屑，我的人生从来没有这么易如反掌过，所以我不相信天上有馅饼，也对被馅饼砸中的人不以为然。

而梅就是这样的人，她的人生无比圆满：财富、地位、美貌无一不有，嫁给爱情，也守护了家庭，儿女双全，最终在爱人的怀抱中离去。冒着今后被人骂三观有问题的危险，我也由衷地羡慕一下。这样的人生，如果真实存在的话，我也特想拥有。

因为梅这个角色，我一直不太喜欢薇诺娜·瑞德，其实《纯真年代》正是她的容貌巅峰期。可是按照我的喜好，她总是欠缺那么一丝性感和韵味，我更被米歇尔·菲佛（Michelle Pfeiffer）在片中的妩媚打动。

说点题外话，后来薇诺娜·瑞德在陈冲执导的由理查·基尔主演的影片《纽约的秋天》(*Autumn in New York*) 中扮演一名患有先天性心脏病的女孩，又是那种我最受不了的"人人都为我疯狂，虽然我弱小、平凡还重病在身"的戏码。薇诺娜·瑞德后来的表演再没有超越《纯真年代》，而她跌宕起伏的人生更是让人遗憾，不过我们说回正题。

如今，我终于愿意给梅"平反"。她算不上处心积虑，即便心机重也无可厚非，一个女人以不太难看的方式拼死捍卫自己的人生，换作是我，也至少该如此尝试一下。而她和凶险命运角力时依然语气温柔、白衣胜雪的样子，仿佛是与生俱来的，这着实让人佩服。

比如纽兰 (Newland) 提议把婚礼提前，梅敏感无比，怀疑纽兰另有所爱。她镇定清醒，提出自己愿意取消婚约，让纽兰去追求他想要的生活。她的语言婉转、真诚，却是在不动声色地以退为进，用激将法将纽兰的第一次试图出逃温柔地打压了。

换作是我，肯定慌了，我不会闹，也不会求，估计就会哭，最后大概会毅然决然地率先告辞，假装留一个特漂亮潇洒的背影。还能怎么办？情感一旦出现裂痕，我觉得分崩离析是早晚的事。反正我悲观而决绝，假装看不见、维持表面的一派祥和，我真的做不到。

我并不认为婚后的梅是不幸的，虽然纽兰始终爱着艾伦

（Ellen），但我压根就怀疑，他那种优柔寡断、早就被传统教养与阶级从里到外固化的人，具有多少爱的冲动和能力。而纽兰骨子里的循规蹈矩是梅最需要的，梅有一种天赋——在规范中成长，却不觉得被束缚，还能享受其中。

影片中纽兰提出要去华盛顿出差，梅平静地说："那你一定要顺道去看看艾伦。"我的天哪，这种境界也太高了。两人心照不宣，梅的弦外之音清晰明了：我知道你是特意去看她的，那好吧，我先表示同意，这样你们的相会总会有我如影相随。这简直是教科书一般的无声反击，可是我做不到，也绝不会尝试。

梅装傻的"事迹"还有很多，但她每一次对谎言一笑而过之后，总有温柔而犀利的回击，不经意地让纽兰明白，她其实知道真相。当纽兰稍有慌张，她又立刻转换话题，给对方留足面子。而老天似乎每一次都在帮助梅。纽兰要去看艾伦，结果奶奶突然生病，他只好立刻赶回。而最最危险的时刻，梅竟然满脸娇羞幸福地说："我怀孕了！"每次看到这一段，我都快吐血了。

最最高潮的是在影片结尾处，纽兰的儿子告诉父亲，母亲临终前曾经说过："你们的父亲值得依靠、信赖，因为他曾经为这个家庭放弃了一生最爱——艾伦。"这句话让纽兰彻底崩溃。一生装傻，谁能做得到？

从前的日色的确变得慢。而现在，我给你的微信你没有即时回复，却跑去给别人点赞，我的心里就会翻江倒海。这一点很多读者在留言来信里都向我抱怨过。幸好，我二十多岁的时候，手机只有大款才用得起。

那时的我眼里不揉任何沙子，恋人如果点赞朋友圈却不回我微信，去死吧。放在今天我依然会不爽，但马上就会一笑置之，这么点空间都不给对方，这么点信任和自信都没有的话，这种恋爱不谈也罢。至于什么看到暧昧信息怎么办，对方若即若离怎么办，他和别的女孩吃饭度假、为对方买礼物怎么办，这些都是我不断被问到的问题，以我的标准，它们多多少少都碰触了我的底线。

还好，我尚未碰到这样的时刻。（写到这儿，我那双子的脑子里出现了一个坏笑着的声音："你以为，只是你不知道罢了。"）当我的底线遭到挑战，当我的信任和爱不被尊重，遭到背叛，无论多痛多难，我绝对会百分百干脆利落地转身离开，爱谁谁。

爱和厮守不容易，它需要两个人共同的诚意和努力，单方面的委曲求全、装聋作哑，于事无补。我爱你，希望你也回报同样的真诚。如果你做不到，那很遗憾，但抱歉，我不是梅，没有贯穿一生的出色演技。日子是用来过的，不是用来忍和演的。我喜欢《纯真年代》，除了因为影片精美，还由于它演出了我生活中永远不会出现的情节。

我最爱的台词来自于乔治·C. 斯科特（George C. Scott）主

演的电影《简·爱》，简·爱对罗切斯特说的那段话诠释了我对爱情、婚姻全部的理解和信仰，那就是平等、尊重和信任。简·爱说："你以为我穷、不好看，就没有感情吗？我也会的！如果上帝赋予我财富和美貌，我一定要使你难于离开我，就像我现在难于离开你。上帝没有这样！我们的精神是同等的，就如同你跟我经过坟墓将同样地站在上帝面前。"

爱得更多的人就输了？

感情中的弱势群体该如何自处？

有人在朋友的争吵中总是最先道歉，有人更多地向爱人妥协，也有人在亲情关系中，永远是付出更多的那一个。我们常常把这一方看作情感关系中的弱势群体。

可鲁小胖说，在这样的简单评判里，我们忽视了纷繁复杂的生活。而她相信，假以时日，相爱的两个人也许会在力量微妙的改变中紧密相连。

之前我在香港采访某天王，天王嫂一身运动装扮，始终陪在天王身边，不刻意避开镜头，但也绝不喧宾夺主，就那么不远不近，存在感十足。天王嫂常年健身，肌肉线条令人羡慕，但她在街市买鱼买菜，和每一个摊贩家长里短时，那种自然又宛如 TVB 剧里那些胖乎乎的家庭主妇。

我早已明白，相爱也许始于外表，而只有灵魂契合、彼此需要，爱才可能延续。但即便如此，我仍然好奇天王当初为什么决定和天王嫂在一起。况且他曾对她说"我不会娶你啊"，这话挺伤人的，她会如何面对呢？

在外界的眼光里，这份感情并不平等。天王是魅力无边的巨星，天王嫂温婉端庄，但并不惊艳。于是，我们通过简单的计算，得出了貌似正确的答案：天王的世俗条件更好，他一定在这段感情中处于强势地位。被大众做出类似判决的，还有另一对明星夫妇，理由有两个：一、男方爆火了；二、他几乎不和太太在微博互动。

演艺界的夫妻档，只要一方的知名度瞬间上升，大家必然心照不宣开始担心双方关系失衡。当然，名气有可能会拉开彼此的距离，忙碌有可能让一方疏于对家庭的关照，这一切有可能导致一段情感走向变形。但归根到底，是我们在用最功利、最片面，也有一些幼稚的算法，一厢情愿地解读别人的生活，那纷繁复杂的生活。

我认识一对婚龄二十年的老夫老妻。如果世上有所谓幸福婚姻的话，大概就是他俩的样子。即便如此，二人爱得似乎并不平等。先生大男子主义，太太习惯于让他主导一切。有人说太太大度，是个有大智慧的女人，也有人说她二十年来爱得小心翼翼，常常委曲求全。

那又怎样呢？守护丈夫和家带给她的踏实与满足，让偶尔的隐忍、争执变得微不足道。当然，她也伤心流泪过，但决不会让内心瞬间的感受压过理性的声音。她的底气还来自于了解和自信。在情感的较量上，看似低入尘埃的她早已变得无可替代。我相信，倘若真有别离，最先崩溃的一定是那位酷酷的先生。

情感就是这样不动声色地流动着。朋友、爱人、亲人，甚至同事与萍水相逢的路人，人与人之间的互动会不断变化，此消彼长。即便热恋中的情侣、鹣鲽情深的夫妻，彼此爱和付出的程度并不完全对等，那又怎样呢？爱与陪伴又不是奥林匹克——更快更高更强，公平公开公正。

有一阵我遇到一起突发事件，瞬间感到压力巨大，心里相当崩溃，我的朋友 Helen，那天在微信里听我抱怨之后冷冷地发了一句话："你不要太在意自己的感受，解决问题就行了。"她说出了情感中的大道理。与人相处时，我们常常只关注自己的感受，而忽略了更重要的东西——每一段关系中双方正在发生的互动和它未来的走向。

你也许会问我：此刻我被忽视了，低到尘埃里，难道我的感受不是无可替代的吗？难道岁月不是由每分每秒组成的吗？当然。可是，至少我的感觉常常不可靠，我的判断也常常会受到外界标准的影响。

某天晚饭时，我的一个闺蜜告诉我，她曾经短暂交往过，后来早就断了来往的某男突然给她发来问候短信。你想，他们俩连微信都没有，充分说明：一、他们真的分开得够久；二、他们也真的结束得干干净净。

听到闺蜜这么说，我脸上瞬间掠过一丝不耐烦，闺蜜看到了，扬了扬眉毛说："Exactly!（我明白你的意思，我也是这么想的!）"你看，爱与不爱的区别就是这么大，这也是唯一的区别。

我是个悲观又挑剔的人，不够爱对方，我不能接受；不够被爱吧，我又会患得患失，没有安全感。可是我要的势均力敌、同等付出，到哪里去找？

最好的爱情，也许就是两个人以最大的诚意、最大的努力，尽可能爱着对方。轮流低到尘埃，轮流不讲道理，轮流向对方道歉，轮流意气风发，轮流害怕失去，不知不觉走过一生。

有人说，被爱着的人都是幸运的。我倒不觉得。被谁爱很重要，不爱的人再爱我，又和我有什么关系呢？我只希望被我爱的人爱着。如果我爱，那么我不会纠结自己的身段是低到尘埃，还是高入云端，我要创造自己的规矩。

我相信，假以时日，相爱的两人也许会在力量微妙的改变中紧密相连，但愿那时一生已匆匆而过。

"白月光情结"？可能感动的只有你自己

你有没有"白月光情结"？

所谓"白月光情结"，就是对那些一直在心上，却不在身旁的人、事、物的怀念。好像那些"未完成"，那些"悬而未决"，总是能让我们念念不忘。

鲁小胖则对"白月光"和"朱砂痣"不感兴趣，她觉得洒在自己身上的月光才是"白月光"，而我们总是感动于"太晚了"，却很少珍惜"还来得及"。

有一天采访某明星，她说自己是个翻篇很慢的人。和男友分开多年，还会惦念，依然满眼神往地回忆对方说过的"死后我们埋在一起吧"。她说起这些的时候，神情中有哀伤，也有一丝幸福和笑意。

换作十年前，甚至五年前，我都会被这种空洞的承诺所感动，而今天的我只会被激怒。死后的事我管不了，地狱天堂都不在我的想象之中，一切与我无关。我只在意活着的每一天，此时、此刻、昨晚、明早。如果你不能、不想、不敢和我在一起，那么也别用百年后的事安慰糊弄我。

在今天的中国，两个单身的人如果没能走到一起，除了不够爱，实在没有其他的理由，所以不必拿生死作为期限。至于分手之后依然说怀念的人，以我的个性，听到也不会有任何反应，不然要我怎样？继续活在回忆中，一往情深地折磨自己？不可能，谢谢。

我是谁的白月光、朱砂痣，这事和我没半点关系，加戏的人，你演你的独角戏吧，我连关注的心情都没有。我不是无情，而是因为认真、投入，才讨厌反复、拖泥带水、言不由衷、敷衍塞责。结束就是结束，不爱就是不爱，不够爱就说不够爱。谁也不是纸糊的，女人也从来都不是一段情感中必然的受害者。别怕伤人，有话直说。中学时喜欢过的男生，半道走散了的恋情，最好彼此忘记交会时互放的光亮吧，让一切随风飘远，是过往的最好归宿。生活的真谛其实就是敝帚自珍。

小王子说过："I thought that I was rich with a flower that was unique in all the world, and all I had was a common rose." 我以为我拥有的是全世界独一无二的玫瑰花，但其实我拥有的只是一朵普普通通的花。我们拥有的都是 common rose，但是我在我的

玫瑰身上倾注的时间让它变得如此重要，世上也许有成千上万朵一模一样的花，但只有我的是独一无二的玫瑰。

此时此刻我们拥有的生活，才是皎洁的月光、心口的朱砂痣，其他的是蚊子血还是饭粒子都无关痛痒。而对于明月光、朱砂痣，对于错过的、失去的诗意强调，让我们常常忽略身边那朵自己倾注了心血的 common rose。我们总是感动于"太晚了"，却很少珍惜"还来得及"。只有洒在我身上的月光才是白月光，只有属于我的那朵 common rose 才是独一无二的。

最近认识了一群十岁左右的小学三年级的小朋友。有一天课间，一个小女孩捧着本书来找我聊天，我好奇地翻了一下，封面就把我气乐了，上面赫然写着"适合女孩子读的童话"。满满三页目录，几十个故事都是关于各种公主的。我好奇地问围在身边的几个小女生："童话书还要分男孩女孩吗？""当然啊。"女孩们拼命点头。晚上我翻朋友圈，看到一个刺眼的公号文章标题："沈阳中学生情侣开房事件背后的警醒：给女孩底线教育，给男孩阳光教育"。这两件事加在一起，实在让人难受。

不扯女性主义的话题，我只是感慨，天真懵懂的小孩子该看怎样的书，以怎样的方式认识世界，和性别有什么关系？而青春期的少年们应该学会怎样健康地直面对于身体、情欲和情感的好奇，这些和性别又有什么关系？女性从来不是天生的受害者，不需要特别的驯化。我们，无论男女，都只是平凡的玫瑰而已。

真正杀死爱情的不是争吵，而是沉默不语的冷暴力

争吵是好事，还是坏事？

@希希觉得是坏事，因为她和男朋友分分合合一路走来，每次争吵都把他们弄得筋疲力尽。

@岩觉得争吵就长远看可能是件好事，因为这样能了解对方的底线，更好地相处。

@物极必反会因为生活琐事和老婆争吵，但他并不觉得吵架是件坏事，因为是非越吵越明。

想知道鲁小胖的看法吗？一起来看看吧。

我在北京的第一个家是我爸妈单位的宿舍，那种三层的老式筒子楼，每家一个房间，几户共用一间厨房和厕所。家家门口都挂着半截各种图案颜色的布门帘，既保护基本隐私，又不

影响通风，一年四季除了睡觉，房门几乎永远都是敞开的，布帘后的部分生活就这样无遮无拦地呈现出来。只是我那会儿太小，根本不关注大人的世界，除非他们的世界以某种戏剧性的方式饶有趣味地展现在我眼前，比如争吵、叫骂。

但我爸妈的同事基本都是"文革"前的老大学生，叔叔阿姨们都是那个年代知识分子的样子，讲话如出一辙的严谨、温和，于是楼里偶尔的鸡飞狗跳会让我们这些小孩子格外地害怕但兴奋。

我家斜对门的那对夫妇是楼里极少见的吵吵闹闹过日子的，平日里说话也常常粗声大气，当然，这是相对于楼里的平均分贝来说。我还隐约听到过一两次从她家传来的盘子和碗摔碎的声音，至于那个阿姨抽泣着擦眼泪的画面，恐怕是我想象出来的。不过每次当他俩发生争吵，那扇门就少有地紧闭着。

不知为什么，我从小害怕冲突，杯盘被摔碎的声音在我听来格外惊心动魄。我总觉得，他俩每吵一次架，就意味着日子差不多过到尽头了吧。那是一个不谙世事的小孩子的直觉和本能。可是每次吵架后的第二天，他俩的门就又会半敞着，两人总是满面笑意地在公共厨房里忙进忙出，让我看傻了眼。

又是某一天，走廊尽头的另一对夫妇突然搬走了，听大人们说他俩离婚了。我困惑了整整一个星期也不敢问，为什么一直和颜悦色地对待彼此的两人说分就分，而那对吵吵闹闹还偶尔激情摔东砸西的夫妇竟然一直走到了今天？

当然，这只是个案，我也完全不了解布帘背后的生活，但我一直坚信，**任何形式的交流，只要不涉及伤害与暴力，总好过冷漠和回避**。我不太会争吵又害怕冲突，但是如果吵架和冷战必须二选一的话，我肯定选择前者。

偶尔的争吵至少有两个好处：一、问题必须要放在台面上解决，它不会因为交流而变得更大、更复杂，只会由于不说而埋下更大的祸根；二、每个人都是座休眠的火山，偶尔小小地爆发一下，才不至于酿成庞贝古城式的悲剧。

我每个月 15 日会给在家里打扫的小陈发工资，偶尔因为出差推迟过一两次，可有一次实在是太离谱了。我因为去青海、香港、台湾、上海，一路出差，彻底把欠别人钱的事忘了。直到下个月的 1 号，小陈才特别不好意思地跟我说："姐，上个月的工资你还没给我。"我当时简直尴尬到不行。当然，小陈知道我的为人，我不会拖欠工资。可我依然紧张，觉得不好意思，幸亏小陈说了，如果她不说呢？说，总是能够避免误会。

高中有年暑假，我骑车在西单路口等红绿灯的时候，一对夫妇被警察拦下，他俩骑车带人还闯了红灯。男人穿着最常见的短袖白衬衫，戴着最普通的黑框近视镜，一副最平常的相貌，一切都乏善可陈，就是个有些懦弱的平凡城市男人。可他突然爆发，站在人来人往的西单路口，声音大过周围喧嚣的人声车声，以至于有那么一瞬间，我觉得周围的一切都因为他而凝固了。

他悲愤地说着自己如何辛苦养家，安分守己，没钱买车，只能骑车。那个年轻的警察被他吓傻了。他旁边同样普通的短发女性，估计是他太太，带着哭腔对警察求情说："同志，他平常不这样，真不这样。"我相信他太太的话，这一定是压抑、隐忍的老实人偶尔的爆发。

记得我看电视剧《金婚》和《激情燃烧的岁月》的时候，一边觉得很好看，一边又觉得剧中歌颂的那种吵吵闹闹过一辈子却依然白头到老的婚姻和我的价值观相违背。不过现在我相信，吵吵闹闹的婚姻当然未必幸福，但持续一辈子的所谓幸福婚姻，不可能没有争吵。比起吵闹，我更抗拒的是举案齐眉、相敬如宾，听起来就冰冷而可怕。我现在比以前坚强多了，以我的脾气，有了争执、问题，我没法视而不见。因为我相信，两个人是吵不散的，散，一定是因为其他。

我认识一个做杂志的女孩叫Laura。Laura脾气暴烈，右脚脚踝那儿永远戴着一根细细的白金脚链，是她的标志。有一天她笑嘻嘻地抬脚给我看，脚链下边有一条细细的疤痕。原来她和老公当年恋爱的时候，有一次两人吵架吵到气头上，同时用脚去踹玻璃门，可怜的门碎了，他俩的脚也不同程度地被割伤。我当时笑着骂Laura，你神经病啊。以后每次见她都会开玩笑说，君子动口不动脚。

我反对动手，也反对动脚，但是偶尔的争论甚至争吵不仅不可避免，还是必需。如果一段感情因为一次气头上的吵闹就分崩离析，那这段短命的关系不要也罢。情感世界，适者生存。

吵吧，死不了。

　　Laura 的名言是，我跟你吵，是因为我在乎你。好吧，愿你我都能找到那个愿意跟我们吵闹、在乎我们的人。

　　但是，君子动口不动手，也不动脚。

压倒爱情的，永远不是钱

钱对于爱情与婚姻来说究竟有多重要？

关于爱情和物质的关系，我们最常听到的两句话便是"有情饮水饱"与"贫贱夫妻百事哀"了。

有人把这两种关系看作是年轻时和成熟后的不同爱情观；也有人觉得，前者是爱情中的理想主义，后者是现实生活中爱情的苍白无力。而鲁小胖也想聊聊她的看法。

前一阵补看美剧《傲骨贤妻》（*The Good Wife*）最终季，艾丽西娅（Alicia）一段台词生生把我说哭了。为了没看过这部剧的人，我来简单描述我哭的原因。

艾丽西娅是政客的太太，老公风流成性，但为了维持政治婚姻，她得像希拉里一样，始终坚定地站在老公身边。后来她遇到了威尔（Will），两人相爱了，威尔给艾丽西娅电话留言，对她说："I love you.（我爱你。）"竞选团队的负责人为了艾丽西娅夫妇的政治前途，删去了这条留言，艾丽西娅因此误解威尔的心意，两人黯然分手。

后来威尔意外去世，伤痛好不容易平复，而那个删去留言的人，居然良心发现，跑来告诉艾丽西娅实情。自己倒是心安理得了，活活第二次伤害了艾丽西娅。

艾丽西娅痛不欲生，她对自己的女友哭诉道："我曾经深爱过一个人。他已经离开了这个世界。他曾给我电话留言，说他爱我，但我没听到。现在我对一切感到厌倦。我讨厌这个公寓，讨厌洗衣服，讨厌一切都会变脏，讨厌法律，也讨厌此时此刻站在这儿。我真的发誓，有时候我就想走进卧室，用被子蒙住头，从此什么事都不做。我整天喝酒，从来没喝过这么多，而我只想再喝一杯。这样就能把我对生活的厌恶都吞噬掉。我不是一个生性就闷闷不乐的人，我超爱笑，看 YouTube 上的视频时我笑得像个鬼一样。可如今，我独自一人坐在这间傻×的小公寓里，开始怀疑我的人生到底发生了什么。是为了两个孩子吗？两个我甚至都不确定是否还喜欢的孩子，就为了督促他们成为了不起的人物？说真的，就为了这个吗？我只是，很伤心。我希望一切都结束，赶紧结束。我一想到……我曾被一个人那么深地爱过，可现在这个人不在了，那我做这些还有什么意义？"

这段台词，我再读一遍仍然热泪盈眶。

可是伊莱（Eli），就是那个删去留言的人，他的解释也合情合理。他说，他的举动其实改变不了什么，如果艾丽西娅听到了那段表白心意的留言，她和威尔之间，也许会多出三个月的相守时间，但谁也改变不了命运写好的剧本。冷酷、冷静到令人绝望的一段话。可我仍然在意，那至少还有三个月的时间啊。

在"变化才是绝对，不变只是相对"的生活里，只要活着，爱情就在不断地经受考验。相爱的人们越是幸福，越是隐隐地生活在惶恐当中。这百转千回的过程就是爱的本质，没有什么能保证爱情，只有死亡能让爱成为永恒。可是，即便爱有期限，也还是要坚守到最后吧。

说到这里，似乎有些跑题，但这恰恰说明了我对于物质和爱情的看法。我从来不认为没有钱的爱情就特别高尚，也不认为一不留神嫁给了有钱人就是处心积虑。不管有没有钱，日子总有一天会成为日常，那时，爱情才决定生死。死，并不意味着分手、婚姻解体，而是心如死水、貌合神离。

从小我就知道，钱是个很讲道理的东西，当然，赚钱的过程未必如此。比如五分钱一根的小豆冰棍，一毛二一根的鸳鸯雪糕，还有西单才能买到的一袋一元钱的草莓冰激凌，长大以后五十元钱的牛仔布上衣，五百元钱的毛衣，和我平生第一块比较贵重的手表。我渴望的东西，永远都稍稍地超出我的能力，但并非无法企及。

我特别感谢奶奶，我想，是她的耳濡目染，让我从来都觉得，养活自己是天经地义的事。反正，我没有太高的物质追求，想要的东西凭一己之力也可以达到。所以，对于爱情，我比较坚持，因为我不需要钱带给我安全感，我需要爱和陪伴。

人生的排序，没有所谓的正确答案，看重金钱、爱情或者事业都可以，过自己的日子，和别人无关。可是，我仍然希望，每个人一生中至少要努力尝试去爱一次啊。没有钱，日子可能会一地鸡毛，可没有爱，你也许会羡慕那一地鸡毛。

当然，你可以说我活得不接地气，哪知道人间疾苦。我明白，人生大不易。

一名读者的留言让我唏嘘不已。她说："我们从初中认识，他对我一见钟情。初中、高中、大学，十年，他追了我十年。大学毕业，我们终于在一起了。当我们决定要结婚的前夜，我无意中翻出他爸爸发给他的短信，短信中说：'我调查过，她家庭条件实在太一般了。'大概这就是物质的力量吧，在你最接近爱情的时刻，它却把你推向距离爱情亿万光年的深渊。"

我追问她后来的故事，她只说了一句："分手后，他很快就和别人结婚了。"简单，平静，我却在北京酷热的午后，感受到彻骨的寒意。十年的情感，貌似因为一条短信，因为赤裸裸的金钱，不幸夭折。而事实上，是爱到了尽头。

压倒爱情的，永远不是钱，而是不够爱。有期限的爱，谁

也留不住。这也是上天以一种简单粗暴的方式告诉我们，这个人，不是 the one（真命天子）。

爱情当然不是生活的全部，但它是"一种不死的欲望"，也是"疲惫生活中的英雄梦想"。

我的一个女朋友有一次喝高了，说了一段特煽情的话：

如果爱，我可以像十二月党人中的沙俄贵族女性一样陪着老公发配到冰天雪地的西伯利亚。

如果爱，哪怕我老公蒙冤入狱被判无期，我求爷爷告奶奶，也要为他洗清冤屈。

如果爱，什么洗净铅华、放下身段，老娘都不在话下。

如果爱。

情感世界里不存在天道酬勤

是不是越难得到的东西才会越珍惜？

@ 安妮同意这个观点，因为她觉得"花了心思的才会上心"。@ 一只小熊猫则觉得爱情中不该考虑这件事，心动了，不管谁先说都是一样的结果。@ 柒柒小妖用亲身经历告诉我们，有些人费力得到，反而在得到之后不再珍惜。

鲁小胖想告诉大家：天道酬勤这回事并不存在于情感世界里，它只相信适者生存。

很多年前，在纽约第五大道，人来人往的中午时分，我突然看到一个戴着几乎遮住整张脸的超大墨镜、留短发、穿黑衣的小个子女人迎面走来。我瞬间站住了，目光一直追随她，直到她超出我的视线。那是小野洋子，约翰·列侬的遗孀。我不是列侬的粉丝，但是亲眼见到一个传奇人物，还是有些小激动。

你可以去搜索一下他俩的故事，"绝美旷世之恋""小野洋子，终于明白列侬为什么爱你如此疯狂"之类的标题，占据了绝大篇幅。他俩的爱情当然够浓烈，但除了前卫的包装之外，也和平常人一样。你再去搜列侬和庞凤仪，会发现这位叫梅的华裔女性和列侬有过十八个月的恋情。这在他们的朋友圈子里是公开的秘密，之所以梅的印记后来几乎被抹去，据说是因为列侬的朋友们慑于洋子的压力。

梅是列侬和洋子的私人助理，1972 年到 1973 年，洋子和列侬几乎处于分居的状态，洋子劝梅和列侬在一起，据说洋子这样做是因为她有信心列侬不会爱上梅，但她错了。在这十八个月里，列侬创作力很旺盛，梅说那是自己的初恋。

可是 1975 年 2 月 1 日，一个很平常的日子，列侬对梅说，洋子让他回去，她找了一个人来帮他戒烟，他去一下，晚餐之前就会回来。列侬没有再回来，梅很伤心。列侬喜欢梅，但他依赖洋子。人们都说洋子掌控欲强，但她的前卫和强大让她足以做列侬的战友、知己、生活伴侣和精神依靠。

我的朋友 Emily 每周会从香港给我寄《你好!》杂志，这是除了《名利场》以外，唯一一本我每期都翻的杂志，算是我的 guilty pleasure（罪恶的享受）。之所以"罪恶"，是因为《你好!》虽然不恶毒，但专登各种国际八卦，尤其是英国王室八卦，绝对没有任何营养。

自从梅根和哈里王子的恋情公开以后，《你好!》百分之九十五的封面都是她。在她之前，每周霸占封面的是威廉王子的老婆凯特。而在 1997 年之前，她们的婆婆戴安娜王妃是《你好!》封面永远的主角。至于那位理论上可能成为英国未来国王的伴侣，但只能被称为"伴妃殿下"而不是"王后"的女人卡米拉，印象中除了 2005 年嫁给查尔斯王子那次，鲜少亮相封面。然而，这四个女人中我最好奇卡米拉。

　　她和查尔斯的故事是最极致的，千辛万苦终成眷属，论艰辛，论坚忍，没有情感能超越他们吧。三十多年的光阴，两个家庭，四个孩子，一位魅力无边、不可战胜的对手，一个王朝，以及无数人的咒骂，居然都没能杀死这段感情。我已经无法判断这是不是爱情了，因为这远远超出我平庸人生的所有经历和想象。爱情伟大，但爱情不可能伟大到让你和世界为敌。

　　我搜索了一下卡米拉，这个词条下赫然写着"据传她和查尔斯已于 2019 年秘密离婚"。"据传"是个神奇的词，无论真假都可以让人变得理直气壮，不用负任何责任。当然，别人关起门来的日子我们的确无从知晓，但如果我是卡米拉或者查尔斯，这辈子无论怎样都不会再变了，因为变不起。他们不可能分手，当初走到一起难如登天，倘若今天分手，那么过往的所有伤痛，譬如家庭的分崩离析、王朝几乎遭遇的灭顶之灾，甚至戴安娜的早逝，一切都变得毫无意义。连我这样包容的、绝不"上纲上线"的普通群众都无法接受。

再比如，温莎公爵夫妇，一个人为了另一个人任性地抛弃责任、王权，这两个人还想分开？门都没有。

当然，这些都是极端的个案，但说明一个道理，选择珍惜还是放弃，不在于获得的过程有多长、多难，而更在于是否可以承受打破既定生活状态的代价。

每当有女性在老公出轨后仍选择捍卫家庭，就会被批"身为新女性，独立、自主、自由的人格去了哪里"，我多半不会选择以同样的方式委曲求全，但我有时候能够理解她们的做法。除了老人、孩子、工作、车子、房贷与错综复杂的社会关系外，还有一点，我们都不要忘记，那就是情感的力量。情感是有记忆的，多年共同的生活的记忆，有时强大到足以抵挡短暂的迷失。

查尔斯和卡米拉当然不会离婚。并不只是因为两人历经千辛万苦才走到一起，更因为没有人比他俩更适合对方。在规矩森严、孤独的王室里，他们兴趣相同、性格相似，是彼此最好的陪伴。出访的时候，卡米拉总是跟在丈夫身后，从不会抢风头，我从二人身上看到的是温馨，那种温度，从拘谨的王室身上很少可以感觉到。

天道酬勤这回事并不存在于情感世界里，情感不管什么奖勤罚懒，它只相信适者生存。一段感情是怎样得来的有时并不重要，即便它会成为一个好故事。它恰恰是我想要的，是不可或缺的，才是天长地久的唯一原因。

人讲道理，但情感有时候不和我们讲道理，没辙。

最佳伴侣是磨合出来的还是命中注定?

你愿意为爱的人改变自己吗?

谈到"最佳伴侣"的问题,人们总有自己的看法。@雯雯是相信日久生情的"成长型",觉得感情要慢慢来;@小童则是相信一见钟情的"宿命型",始终相信第一感觉。

鲁小胖说,她自己是个飞速成长的"宿命型"选手。爱情里不可能永远五五比例,势均力敌也并不现实。她愿意自然地成长,变成爱情需要的样子。

好几年前,我在香港机场等行李,看见杨振宁先生独自坐在传送带旁的长椅上,我当时鼓起勇气走过去,做了自我介绍,并向先生问好。他微笑着点点头,举起手中的拐杖,冲我身后指了指,我回身看到翁帆拉着箱子走来,两个人和我告别，手拉手慢慢离开。杨振宁和翁帆之间惊世骇俗的年龄差异，已经让人完全忽略了二人之间性格和爱好的默契。毕竟显性的差异永远最博眼球，可是决定情感成立与否的，却是隐性的相似和兼容。

某次我在北京采访刘谦，几年不见，他成长为一个成熟、厚实的男人。男孩固然可爱，然而爱的话，还是要爱男人。刘谦娶了个北京姑娘，据他说，他太太脾气干脆利落，把他彻底收服、改变。晚饭的时候，他太太不知为什么突然情绪有些低落，刘谦顾及身上的麦克风，不时凑过去，低声问她怎么了。问了两三次，两人终于头靠头耳语了半天，然后雨过天晴。

通常被公认为可歌可泣的爱情，除非亲眼所见，否则我总会将信将疑。比如席琳·迪翁和她已故的丈夫兼经理人兼伯乐的故事，我一方面理解，在一个男人的呵护、教导、塑造下成长，那份依赖是无可替代的；可是我又不能完全体会，尤其是坊间关于席琳驻唱替夫还赌债的传闻，听来惊悚恶毒。

虽然权当流言，但是我的确不理解她拼命演唱的动力，再热爱舞台，也不足以支撑一个人从 2003 年开始，十六年唱了1089 场，观众超过 500 万人次。如果是我，多半不会接受被一个人如孩子如学生般地抚养教育长大。就算时光倒流三十年，我也不会允许别人修剪我的枝杈，更不会爱上这个园丁。但，人和人不同。

一段情感，身处其中的人在意细节、过程，在意每天每时的感受，而旁观者从来只看结局。席琳故事的最后，是她送走了生病的丈夫，实现了"till death do us part"（直到死亡将我们分开）的誓言。我没有采访过席琳，但我相信，当两个人目标相同、一荣俱荣、一损俱损的时候，那条纽带便格外坚固。而在这牢不可破的共同体中，通常只能有一个发光体。所以，我想他俩的故事至少是真实的吧。

至于杨振宁和翁帆，无论外界多么不解、不屑，他俩自有其相处模式。听说杨振宁先生九十岁生日前，钢琴演奏基础为零的翁帆，偷偷和演奏家刘诗昆、孙颖夫妇学习了一段肖邦还是谁的曲子。一个完全不会弹钢琴的人，生生地机械记忆着琴键和手指活动的位置，一遍又一遍练习。生日当天，这个意外惊喜惊到了所有来宾。

这段故事让我挺感动的，爱情可能真的会存在于我们想象不到的地方。可是我希望我爱的是一个普通、平凡和主流的人，爱上伟大啊天才啊艺术啊，总是意味着付出，太难了。但是，谁知道呢，刘谦嘴里那个任性的北京太太，就愿意接受丈夫在春晚前几个月的时间里对她不理不睬，眼里、世界里只有魔术。要知道，**爱一个人就要接受，爱一个人就会改变。**

在爱情中，我想我是个飞速成长的宿命型，这样分裂的描述其实适合所有相爱的人。因为爱，因为在意，我们会在不经意间改变自己，适应对方，从任性到体贴，从说一不二到有商有量，从自由自在到愿意被轻轻地束缚，只有爱，只有够爱，才会让一个人放弃部分自由。

被改变是一件令人恐惧和厌恶的事，但我愿意自然地成长，变成爱情需要的样子，只有发自内心的主动改变，才不会让自己面目全非，更不会面目狰狞。

当然，所有的不幸都有迹可循，而幸福却来去无踪，毫无头绪。合适的人不一定白头，外人看来匪夷所思的伴侣没准就能天长地久，反正没有人知道原因，没有规律可循，更重要的是，也没有人知道那些看起来和谐的外表下是否真的存在幸福。

爱情中的两个人不可能永远五五比例，均衡地付出索取，总有一方在相当长的一段时间里需要更多的关注和照料，势均力敌并不现实。又不是生意场上的合作伙伴，关起门来的二人世界里，探戈是最佳的舞步。进进退退，总有一方引导，另一方跟随。

真的，只有白头，才算永恒

你理想中的爱情是什么样子？

我们总会在影视剧、小说抑或现实中的情侣身上看到理想爱情的样子。比如《飞屋环游记》中，有着共同美好梦想的卡尔和艾丽；比如《爱在午夜降临前》里，杰西和赛琳真实动人的爱情。

在鲁小胖看来，理想中的爱情如果真的存在，应该像邓丽君在歌里唱的那样：

比海更深，比天更蓝，我无法爱你更多。

我不是个阳光乐观的人，但我有极强的自控力和边界感，所以只有身边最亲的人才能感觉到我身上那点"丧"。也因为如此，所谓"理想中的爱情"，只会让我恐惧到想要逃跑。

早晨一睁眼，隐约听到外面有雨声，确认了是阴天，而且大雨如注，仿佛天漏了一样。我心里窃喜：这样又"丧"又舒服的天气，最适合窝在家里写一篇有关情感的文章。阳光灿烂、幸福无边从来不是我的底色，更不是我眼中爱情的样子。

对幸福、完美、理想一类的词，我从来都抱着敬而远之的怀疑态度，绝不入坑。这样，当幸福消失，爱情离去，就不至于太过痛苦。

某个周末，我看了是枝裕和的《小偷家族》，片中奶奶的扮演者树木希林是位令人尊敬的女性，她让我这个悲观、不怕变老但是怕晚景凄凉的人，也对未来有了一丁点信心。这位1943年出生的老太太，年轻的时候样貌平平，可她这几年在电影节、红毯上和时装大片里的造型酷而时尚，有一种洒脱、高级的美。而她的爱情和婚姻，则是一言难尽。

由于我一时半会儿采访不到这位女神，所以我只能用我鄙视的方式，不采访，仅凭东拼西凑，来捕捉她的人生。好吧，我尽可能地调动了自己的敏感和经验。（写本文时，树木女士仍然健在。）

1973年，树木嫁给内田裕也。内田是一名摇滚歌星，虽然这个头衔有很多光环，但在两人的关系中，内田是放荡不羁的。树木那么爱对方，可对方却没有足够的爱可以回应，换作是我，估计早就一刀两断了，而树木选择"死磕"。

再一次重申，我完全是在主观地猜测别人的人生。你要知道，任何一段情感成立与否，原因都无比地微妙复杂，旁人永远无法洞悉全貌。而别人的嘴，你永远堵不住——就连我，不也正在说三道四吗？所以唯一能做的，就是屏蔽一切杂音，只听自己的声音。年轻的树木应该就是这么做的。

政治正确的选择，肯定是要求独立、自尊自爱的女性勇敢离开。而在我看来，真正勇敢的做法，恰恰是树木的选择。她爱内田，所以她说："他的全部我都喜欢，可如果有来世，我会时刻警惕自己，不能再与这个人相见。因为来世再相遇，我仍会爱上他，而再次度过狼狈的一生。"

四十多年过去，两个人终于走到了可以相伴看细水长流的年纪。内田说："我当然很喜欢她，她是史上最强的母亲、最强的女演员、最强的妻子，我虽然不会向她下跪，但是我一生都秉承最摇滚的精神，由衷地向她道歉。"这番话让我落泪。

爱是什么？是遥远的想念，还是深埋心底的记忆？我越来越觉得，**爱是陪伴，是一点一滴的岁月累积，是彼此的纠缠成长，像根茎、枝杈、藤蔓长在一起，斩不断，理不清，分不开。**就像生活，丰富、凌乱，不按牌理出牌，没有道理可讲。

我也许没有树木的意志力，不被爱，不被同样地深爱，这会让我抓狂，我多半会冲动、莽撞、破罐破摔。和一个不那么爱自己的浪子纠缠一生，有意义吗？唯一确定的是，如果树木当初选择离开，她会一样痛苦。只是四十多年的时间里，坚持，让一切看似美好了很多。

每次听林忆莲唱"恨不能一夜之间白头",我就会感动落泪,心生向往。真的,只有白头,才算永恒。也许美好只存在于开始和结尾,中间或短或长的过程都有种种磨难与苦痛。可是,如果可以拥有一段漫长、完整、饱满的爱情,我想我也会愿意。过一段狼狈的人生又怎样?

飞往香港的航班上,我看完了黑泽明的女儿黑泽和子写的关于父亲的传记《上山的路》。黑泽明符合我们对大师的所有想象:任性、极端、孩子气、大情大性。做他的女人需要耐心、细心、坚忍、包容,将自己隐去,以他的世界为中心。在女儿笔下,父母的婚姻相当牢固,不乏欢乐。可我一直"腹黑"地找蛛丝马迹——别的女人呢,没有别的女人吗?

这恐怕是一本被女儿美化过的书,可我还是透过厚厚的滤镜看到了叫"幸福"的东西,这是我的问题,也是很多人的问题。我们对别人的幸福都很宽容,对自己的幸福却无比苛刻。

一个朋友告诉我,我们共同认识的被朋友们公认为活得无比潇洒的某女性,在某次失恋后,将自己锁在房间里,七天七夜,不吃饭,不见人。我想,如果一个人可以咬牙熬过自己的七天、七十天,就有拥抱幸福的勇气。

而所谓理想的爱情,如果真的存在,就像是邓丽君的歌中唱的那样吧,"比海更深,比天更蓝,我无法爱你更多"。

在大结局到来之前，
不妨拼尽全力

哪个瞬间让你觉得自己长大了？

回顾过往，哪一个瞬间让你觉得自己长大了？

第一次拥有一百块钱的支配权；第一次签病危通知书；第一次在出租房里洗好所有脏衣服，听水滴落下的声音……

在通往成年的旅途上，人生的种种痛苦都会相伴而至。但鲁小胖说，无论多糟多痛，它们有一天都会如感冒般盘桓多日，然后神秘消失。

七岁，我被我爸从上海的爷爷奶奶身边接回北京。临走前一晚我大哭大闹，把收拾好的衣服行李扔了一地，后来大概是哭累了睡着的。第二天醒来，我已经神奇地坐在火车上了。中间的过程全无记忆，但是醒来那一刻的感觉至今无比清晰。

那是平生第一次，我懂得了不能左右命运的痛苦、绝望与无助。我没有再流泪，只是静静地看着车窗外的农田、树木，脸上应该是一个经历生活的成年人才有的心碎和认命的神情。那一瞬间我长大了，那一瞬间我也无比渴望长大。

可是有些时候，长大很无趣。

有次我在广州机场，为了打发时间进了一家卖零食的小店，各种话梅、橄榄、蜜饯，都是小时候会让我疯狂的东西，是我当年的终极人生梦想。可是那天的我只是哈欠连天地转了一圈，连眼神都懒得聚焦，倒是心里瞬间有点感慨。

小学一年级，我开始在少年宫舞蹈班和专业的老师学跳民族舞，当时每个周末我都会换上练功鞋，扶着把杆压腿。小孩子最初的梦想常常源于环境而非自身。我那时候一度想着做一名专业的舞蹈演员，但这个梦很快被打碎。七岁时我考过某舞蹈专业的少儿班，初试就被刷了下来。心里也没有特别沮丧，但隐约明白了一点：有些事和努力无关，和天分有关。

十八岁，大一，爸爸和我进行了我们父女俩史上唯一一次谈话。我爸的神情语气我忘了，估计是一如既往的平静，但中心思想简单明确。他说，你要明白，这个世界上改变是绝对的，不变是相对的，你要允许一个人、一段情感发生改变。我明白，他是在为我未来的恋爱情感打预防针。可我当时无比震惊、错愕，还有些愤怒地看着我爸，觉得成年人的世界太可怕了，我要用我的一生来证明我爸是错的。

那场谈话其实没啥用，压根影响不了我当时单纯的世界观，而日子一天天过去，我慢慢明白，每一次成长伴随的多半是阵痛、崩溃、恐惧。然后我就成了今天的样子，这个样子我谈不上有多喜欢，但已经接受。当然，我还没有与生活、与自己和解，但心里已不再那么慌张。因为曾经发生的一切，无论多糟多傻，都把我带到了今天。

我爸说的对，人性的本质是脆弱多变的。但他忘了告诉我，或许当时中年的他也没有意识到，人性始终暗流涌动，不断改变，就是为了让我们最终可以熬过一次又一次成长的阵痛，熬过头破血流、狼狈不堪。既然变化是天性，那就意味着多糟多痛都会如感冒般盘桓多日，然后有一天神秘消失。我爸还忘了告诉我最重要的一点：**要耐心，要相信，有些人、有些事只是为了引出主旋律和故事的高潮。**

所以犯错呗，遇人不淑呗，失业失学狼狈不堪心碎别离呗。我相信，一切的一切，只是为了让我坐在家中写下这些文字，并且心里平静愉悦。想起那些半路夭折的梦想、那些走散了的人，我内心有躲过劫难的侥幸。并不是否定自己过往的人生，只是恍然大悟：原来我曾经所有的臭棋只是为了今天，而无论明天怎样，我希望我接得住。

那些今年没表白的人，明年依然不会表白

你有没有什么想做但一直没做的事？

有些事好像也不是什么大事，你也一直想做——比如打耳洞、蹦极、结束一段长跑七年却一直没有结果的感情、辞掉一份压根不适合自己的工作，却因为种种原因一直没做，比如没有勇气、没有时间或者没有钱。

鲁小胖觉得，有些事没做，也没什么可遗憾的，毕竟该发生的，总会发生。

多年前的纽约街头，我背着包，手里展开一张硕大的地图，带着满脸好奇、蒙圈和藏不住的游客神情闲逛。在某处人流如织的街口等红灯的时候，我悄悄地贴近身边一个大叔，我用余光确认过，他人逾中年，衣着整洁，样子基本和善，跟着这样

的人过马路比较安全。说明一下，过马路一直是我的死穴。

红灯变绿灯的一刹那，大家纷纷迈步前行，突然从左后边的小路里斜冲过来一辆右行的林肯车，大家本能地停下脚步，那大叔在我眼前瞬间从一个敦厚、面目模糊的中年人变成街头的暴烈"愤青"。他将整个身体扑在汽车挡风玻璃前，双手猛拍汽车盖，声音洪亮、亢奋，在嘈杂的纽约街头异常清晰——"I'm walking here!"（我正走着呢！）那语音、语调、表情我永远记得，还有那满脸惊恐的林肯车司机和瞬间安静凝固了的四周。两秒钟后，大家似乎纷纷醒来，继续漠然前行。现在每次走在街头，我会幻想自己若被激怒，也能撕下温柔面具，声色俱厉地大喝一声"I'm walking here"，可惜这种事从来没发生过。

有一次和朋友聊天，我第一百零一次嘲笑她和恋人的某次吵架，两人话赶话地砸玻璃，摔手机，不同程度地受了些皮外伤。其实我还隐隐有些羡慕，因为我没吵过架，没扔过东西，我觉得我没有足够的激情，经受不住吵架的考验。

唯一一次，在酒店房间，我忿忿地扔了手机，可是地上的地毯太厚，连声音都没听到，我一个人尴尬地发了会儿呆，又默默地捡起手机，心里对自己失望至极。万籁俱寂，独自一人悲愤难抑的时刻，我仍然本能地把手机扔到了地毯上，而不是墙上、镜子上、窗户上，我的天性该是有多压抑啊。

那些我一直想做却从来没做过的事情，对于别人可能易如反掌，对于我却可能难于登天。比如我一直想文身，可是不敢。一来怕疼；二来文在什么地方、文什么图案，我会有严重的选择障碍。还有最现实的考量：对公众人物来说，文身是不被允许的，何况也不是非做不可的事，无谓引起争议、麻烦，不做就是了。我也一直想学英语以外的第二外语，可是因为英语相对容易又四海通行，所以我永远没有足够的动力再学一门外语。

虽然外语是会了最好、不会也死不了人的一种技能，可越是这种不必须具有、不决定生死的能力，在如今翻译软件几乎可以搞定一切的时代，更显得弥足珍贵。小时候不懂事，现在才觉得我爸说斯瓦希里语，我妈说孟加拉语是件特别酷的事，流不流行又怎样，并非主流的人和事，恰恰会因为少有人涉足而尤为难得。

我仍然在看世界杯，仍然场场为相对弱的队伍加油，每每看到豪门被拉下马就莫名兴奋。人性都一样，我们都希望看到触底反弹，也盼望看见神话破碎。喜出望外、黯然神伤、落寞悲情……这类情感富有戏剧性，为平淡的生活增添了很多颜色。

多年前，我还在用记事本，有一个记事本的最后一页有一段任务清单，其中一条是，要去现场看一次世界杯。可意识到应该去俄罗斯的时候已经太晚，再去办签证、买门票都来不及了。2022年的卡塔尔世界杯再说吧，这种万众狂欢的时刻，一生总应该参与一次吧。

读者留言里，我看到许多人的关键词是"表白"——因为一直默默地喜欢，却从未表白。我真不明白，难道大伙在生活中都是这种急死人的婉约性格？还是只有这样的人才会关注我？可是这种情绪，我这么婉约的人恰恰从来没有过。越来越觉得也许我是个骨子里爽利、干脆、勇气十足的人。"喜欢"这种事于我而言绝对应该是双向的。我会长久地喜欢一个喜欢我的人，但不大会喜欢一个不喜欢我的人，至少这样的事还没有发生过，我不认为这仅仅是运气和概率。

生命中所有已经发生和永不会发生的事都是主人公性格使然，我们将它简单解释为命运，这让我们在唏嘘不已，甚至恨不得以头抢地的无力时刻内心有某些释然，因为命该如此。有些没有发生的事永远都不会发生，反而是那些无关痛痒的小事，比如学门外语、出外自驾游、辞去鸡肋般的工作，是早晚可能发生的。不信明年此时，我们再讨论相同的话题，那些没有表白的人还是不会表白。

也没什么可遗憾的。反正我的人生只有一个信念：该发生的早晚会发生。我要耐心、努力，耗到最后。

你有多久没开心过了？

你有多久没有真正开心过了？

有人说三个月，有人说三年，还有人说"已经忘了上一次放肆大笑是什么时候了"。

"丧"文化盛行，不高兴好像成了一种常态。有的人上一秒还和朋友把酒言欢，下一秒回到家，就会陷入一种自己也说不清的失落情绪里。

好在，这世上还有很多和你一样的人。

鲁小胖说，她对极致的快乐心存恐惧，自在心安就是最大的开心。

有一次，公号刚刚上传一个名为"你有多久没开心过了？"的话题，我的朋友T立刻截图过来，然后说，不开心已经是人生日常了。

在外人眼里，T 有天天活在云端的底气和理由，比如年轻，比如帅，比如独自在北京，在最严苛残酷的时尚行业里站稳了脚跟，做得有声有色，赢得了尊重。可是 T 却永远淡淡的，兴高采烈不起来。他给人的感觉是干干净净、慢悠悠、温和的，但我知道那是他的表象。

人都是如此。面对世界的你有多平和，关上房门，你就有多拧巴和沮丧。可是和这样的人打交道，我没有压力，因为我不用刻意深呼吸，调高能量值，放大嗓门，露出笑容，拉开和整个世界互动的架势。所以我和 T 虽然久不见面，平常也不大联络，只是偶尔在朋友圈里臭贫两句，但感觉大家始终在一个频道上，可以随时同仇敌忾，敞开了聊天。人以群分就是这个道理，相似或相近的人在一起，你大声我也大声，你嗨我也嗨，大家都自然而然的，不用调整状态，不累。

我试过和天生快乐、后天又顺遂无比、活力满满的人吃饭，过程痛苦到无以复加。我用无与伦比的定力让自己全程微笑、聆听，偶尔拼命调动我的状态，达到对方的频道和节奏，一顿饭一个半小时度秒如年，而更痛苦的是，我觉得自己简直糟糕透顶。对朋友怎么可以不热情，不妙语如珠，不让人如沐春风？这样的内疚、自省实在伤身劳心。

所以慢慢地，我交往的人越来越少，就是生活中早已熟悉的朋友、同事，因为我们彼此了解，他们说话亢奋，但接受我的安静。我安静淡然，又喜欢他们的叽叽喳喳，这样的环境让开心、不开心都成为某种正常的状态。

其实绝大多数的不开心只是一个人淡淡的、静静的、蔫蔫的，不喜形于色，不兴高采烈。但，并不痛苦。我很多时候就是那副样子。

至于要积极乐观，要待人如春天般温暖，要随和，要有眼力见，要出得厅堂，这些标准对一个先天内向、能量值低、略丧的人来说，才是压力。那是约定俗成的一个人该有的样子，我也喜欢，但，有时做不到，就算了。

《欲望都市》里，夏洛特（Charlotte）是最不酷的那个人。我当年羡慕过凯莉（Carrie）的着装，觉得米兰达（Miranda）伶牙俐齿，萨曼莎（Samantha）放荡不羁，都很酷，虽然心里并不喜欢她们。其实无论当年还是现在，夏洛特是我认为的活得最明白、最清楚自己想要什么、从不动摇，并且最终心想事成的人。我只要过我想过的日子，管它是否时髦，是否政治正确。

不过夏洛特也挺烦人的。幸福快乐的人有时挺烦人的。

《欲望都市》里，萨曼莎和她有这样一段对话，萨曼莎说："Relationships aren't just about being happy, I mean how often are you happy in your relationship?（谈恋爱又不只是图个乐子，想想看，恋爱的时候，你有多少时间是真的开心呢？）"

夏洛特很认真地说："Everyday.（每天。）"

萨曼莎一下崩溃了，她说："Everyday?"

夏洛特特无辜地回答说："Well, not all day everyday, but yes, everyday. (嗯……不是二十四小时每时每刻都开心，但基本上每天都很开心。)"

你说这样的人是不是很烦人？因为 TA 让不快乐、不幸福的人无处遁形，我特讨厌别人把我怼到墙角，逼我必须直面自己。

嗯……那我最近一次开心是什么时候呢？

比如中午，我吃了朋友从山东送来的螃蟹，吃得无比浪费而狼狈，最后干脆用吃了螃蟹的手抓米饭，抓其它菜直接往嘴里送，但挺开心的。还有此刻，我一边忙着写推送，一边叫快递给老师长辈送月饼，客厅里很安静，阿姨在别的房间里忙着，我一个人一会儿写东西，一会儿去切哈密瓜，一会儿又准备月饼，平平静静自在祥和，并没有特别雀跃，可是这也算是一种开心吧。

对我而言，太极致的快乐幸福会让我心生恐惧，而自在、心安就是最大的开心。但愿今晚、今后风平浪静，而我从容淡定，宠辱不惊。

感谢这些死穴，它们让我永远柔软

你最容易被什么事情戳到泪点？

有人说自己的泪点关键词是"父母"，总是担心自己还未长大，父母就变老了；也有人说是"朋友"，因为他们总是在自己最无助的时候出现；当然也有人会被求而不得的感情折磨着，读者@平平说：我用力地飞奔向你，而你却躲开了。

鲁小胖也说了不少她的泪点死穴，但她却感谢这些死穴能让她永远柔软。

早上在香港酒店醒来那一刻，我饿得只想套上衣服，立刻冲到餐厅去吃早餐。可是手欠翻了下朋友圈，好几个人发了马航停止调查的文章。读到一名失去丈夫的年轻妻子体重只剩下36.1 公斤的时候，读到她说"害怕老公回来了，我也不在了"

的时候，还有标题里那一句"下辈子无论爱与不爱，都不会再见了"的时候，我躺在床上掉了点眼泪。很想找到那个女孩，做个采访，聊聊天。（女孩一直没找到，但愿不是公众号为了"十万加"生造出来的）

朋友圈里有人在我回复的一个哭脸下留言道，他们应该是在爱最浓烈的时候戛然而止的。语气哀伤，又显得那么意味深长。我能够读懂他话里的那一丝丝羡慕，生命终会消失，爱也会有消失的一天吧，只有死亡才能以最残酷的方式将爱情凝固，让它永生，这是多么吊诡。可是一想到那瘦瘦的女孩这五年多经历的一切，我几乎不能呼吸，她一定不屑什么永恒，而只祈求过最平凡的生活，日复一日，哪怕它会磨去激情、爱情、梦想，她也只要她爱的那个人此刻就在她身边。

我其实常常一个人热泪盈眶。我的朋友恋爱了，恋爱中的人多半是坚定又脆弱的，有一次她跟我说，每每想到可能会失去，她就会落泪，我听得一边撇嘴，鸡皮疙瘩掉一地，一边也暗暗地红了眼眶。白头不难，爱而相守很难，爱到白头很难，白头依然相看不厌很难。

之前看到冯远征老师庆祝结婚二十五周年纪念日，他说他和太太梁丹妮是相伴，是陪伴，是老伴。看着两个人相拥一起，一张一张的照片，我鼻子酸酸的，看个娱乐新闻都能把自己看哭，我也是够奇葩的。

还有一次，看到谢娜说她曾经想过离开张杰，而离开不是因为不爱，恰恰是因为很爱。爱到想要放弃是因为足够爱，而愿意牺牲自己成全对方，当然，这也是给自己留一条生路，万一崩溃的时候，至少还可以保持尊严和姿态。这对于一个生活在娱乐至死的年代里的公众人物来说无比重要。死可以，但姿势不能难看；姿势难看也可以，但不能让别人看到。

最近看新一季美剧《庭审专家》(Bull)，有一句台词特好，杰森·布尔博士（Dr. Jason Bull）对他的搭档玛丽莎（Marissa）说："How tempting it is to get ahead of it, to assume the worst, that way the world won't let you down. That way, The ones you love won't wound you, because you've already wounded yourself. And there's no blood left to bleed.（你总是忍不住抢先一步，做最坏的打算，这样一来，世界就不会让你失望了，你爱的人也无法伤到你了，因为你先伤了自己，血已流尽了。）"

这说的就是我呀，这就是我悲观、自我评价低的最深层的原因和理由。听起来像是自残，但自残恰恰是为了自救和自我保护。人就是这样，矛盾、不可理喻，却又敏感而警觉。

每次想到我奶奶，我的内心都会小崩溃一次。小时候睡觉，我一定要用手摸着奶奶的脸，她的脸很瘦，棱角分明，我的小手搭在她的腮上，感觉硬硬的很踏实。此刻我正坐在从香港到上海的航班上，想到这一段，眼泪又快掉下来了，我赶忙把头埋得低低的，这样登机的乘客从我身边经过的时候，不会看出我的异样。我奶奶没花过我赚的一分钱，没享过我一天的福，这是我心中永远的痛。

仔细一想，我的死穴还是挺多的。再比如那些小小年纪就经历过的生离死别。有一个朋友十二岁时父母离婚，他说在一个大雪纷飞的早晨，他被父亲从被窝里叫起来，顶风冒雪地离开了还有弟弟妹妹和妈妈的家，骑车去他和爸爸两个人的新家。他说他当时没有哭，也忘了难过，因为天寒地冻，风裹着雪花，吹得人几乎窒息，所有的情绪都被冻僵了，人只是本能地呼吸，和环境抗争着。当时的他没有掉泪，可想到这一幕的我，一个人心酸了好久。

还有一个朋友，从小失去母亲，父亲再婚后，她和姑姑一起生活，一年后姑姑也因病去世，她小小年纪直面死亡、永别，孤苦无依。她说，一个人微笑、怡然自得地去爱和被爱、感受到活着的希望和快乐，是我们与生俱来，但也会失去的一种能力，一旦失去了，要花漫长的人生去寻找，而她至今还在寻找。

这篇文章我一路从香港写到上海，又写到北京。这一天，我坐了两趟飞机，一边写推送掉眼泪，一边又不断地被飞机上送来的饮料、水果、午餐、晚餐打断思路，眼泪就这样流流停停，情绪就这样起起伏伏。真好，我还有这些死穴，它让我永远柔软。此刻飞机在北京上空，即将降落，天已经黑了，下面亮着灯的地方就是家了。

此心安处是吾乡

这一年，你在异乡生活的感受是怎样的？

电影《布鲁克林》(*Brooklyn*) 中，导演用细腻的手法告诉我们：此心安处是吾乡。

鲁小胖想和身处异乡的你说说心里话，聊聊身在异乡的苦与乐。

希望远在他乡的人们，都能心安。

我从小就觉得，"异乡""游子""海外赤子"这些词特别浪漫，那种隔着山川江海、远远思念故土家园的感觉，凄美"高级"。而因为你走得远了、久了再回来，既是家人也是外人，故国亲人更会加倍地疼惜你。

当年看费翔在春晚唱《故乡的云》，我羡慕极了，我也想要那种漂泊多年回家，被深深拥抱的感觉。现在，我好像明白了一点，异乡带给我的其实是心安。这听起来很矛盾。

此心安处是吾乡，而漂泊的人内心通常是慌乱、动荡的，除了故乡，无处安放。但是异乡和故乡间的距离，让故乡永远安详、美好。现实生活中身处异乡的挣扎、冲突、隐忍、卑微，爱情与事业的不如意，林林总总，你尽可以归咎于异乡的人情冷漠、生存艰难。于是一切的不如意仿佛都有了答案：大不了回家。

在远方，你脆弱时才会想念的其实已经陌生的家，让你凭空多了点底气，因为大不了回家呗。有一天，那口不认命的气泄了，老家的田边、街头，总能安顿下闯荡世界的身心吧。这个假设让人有了退路。

退路，是我们百分之九十九的时候根本不会考虑，但感到无助、无望的那百分之一的时候的救命稻草。而这恰恰让人心安。

春节到了，中国人又开始大迁徙，看着家里的小时工小陈和身边外地的同事买票准备回家，我觉得疲惫，又有些羡慕。这个节日，让人打破日常生活，千里迢迢、舟车劳顿地回家，可是值得。

回家一周、十天，听到的、看到的、感受到的一切，也许足以支撑你在北上广深又咬牙一年。或者，家的温暖和局限，让你更珍惜漂泊但自由的人生。总之，回家让你有了离家的理由、动力和勇气。

可是，我没有故乡可回，因为我生活在故乡。这听起来有点站着说话不腰疼，可是每一个生活在家乡的人，在你和残酷的现实之间，那层由距离产生的薄纱没有了，你只有直面惨淡人生、淋漓鲜血。

所有在外漂泊的人，过去一年，辛苦了。而在家的人，你一样不容易，总之，活着就是不容易，无论你在哪儿。

马桶、煤油炉、西瓜瓤……有哪些让你忘不掉的城市记忆?

你和你的城市间有怎样的故事?

城市有时候和人没什么两样,都有自己的气场和气质,会让那些路过的人决定留下或者离开。

下面,鲁小胖想分享她与上海和北京的故事。

我有关童年的最初记忆不是画面,而是声音。

在上海成为"魔都"之前,每天清晨,我都在一阵阵清脆的刷马桶声中醒来。那时抽水马桶尚未成为寻常,生活在上海弄堂里的普通市井人家,用一种木制的带盖子的木桶,供全家方便之用。各位尽可以张大嘴、瞪圆眼、深呼吸,做出不可思议状,那是我最初七年的生活。

马桶上有一个铁质的圈,可以把它拎起来。每天清晨有市政车辆开到居民区,各家的主妇会拎着马桶出来倾倒废物,然后一个挨一个头发蓬乱地蹲在路边,用长把的硬刷子大力地刷马桶。那清脆得几乎刺耳的声音,还有远处隐隐传来的黄浦江上的钟声,就是我童年的闹钟。

我的上海记忆还与气味有关。我一直喜欢煤油的味道,甚至"变态"地把这份喜爱延伸到公共汽车的燃油尾气上,实在是童年的影响太过强大。我那时跟爷爷奶奶住在一间带阁楼的狭小的房间里,没有厨房,没有洗手间。阁楼我似乎从来没有上去过,虽然一把厚重笨拙的木头梯子一直架在那里。木头梯子对一个小孩来说是危险的,我也就乖乖的从来没有爬上去过,想想不可思议。我是真这么听话呢,还是因为房间太小,爷爷奶奶看得紧,没有机会而已?

家里有煤球炉,有时候奶奶也会在房间里用一个小小的煤油炉做饭。小孩子的口味非常单一,我天天吃酱油荷包蛋、香油拌米饭加一点盐,小屋里永远弥漫着淡淡的煤油味。对我而言,那代表安全、温暖,是家的感觉。

还有一段童年记忆无比清晰,可问起身边所有的人,他们都不记得了。

当年的上海,夏天的街边会有挖出来的西瓜瓤卖,卖法相当简单粗暴,不是如今的水果切片切块,包着保鲜膜装在塑料盒里,而是拿着饭锅、脸盆去买大块挖出来的形状各异、大小各异的红红白白的西瓜瓤。当年买西瓜有点买彩票的意思，十个西瓜里能碰到一个甜的，就要念"阿弥陀佛"了。西瓜瓤解决了患得患失的问题，反正一大盆西瓜瓤混在一起，好与不好，雨露均沾，十分公平。而干净与否压根不是那个时代的人会考虑的问题。那个时候，好像一切都是干干净净的，人们摆脱了贫瘠，仍不太富足，可是朴实、诚恳。

最近我疯狂地爱上了坐地铁，不是为了显示自己接地气、环保、政治正确，只是突然觉得无比自由。朋友给了我一张地铁公交卡，更让我觉得整个世界都是我的。虽然久不在北京地铁里活动，仍然搞不清该在哪里换乘，迄今只敢在10号线溜达，但心里依然雀跃。

特别说明，我绝不在高峰时期坐地铁。不是觉得自己不该挤占公共资源，我没那么高风亮节，只是脑海中永远有1993年冬天的阴影。那是一场暴雪之后的傍晚，我在东四十条打不到车，也等不到公共汽车，于是去搭乘地铁。走进地铁站大门，我吓坏了，目光所及全是人头，我再想离开已经没有可能。新涌入的人将我往前推，我几乎双脚离地飘入地铁站，这让我惊恐万分，只有一个念头：往前走，走出地铁站。

我在近乎窒息、恐惧到绝望的状态里，恍惚着、机械地向前挪动，不知过了多久，终于穿过站台，爬上台阶，从东四十条站的另一个出口挤出地铁。这时候雪又下起来了，漫天大雪中，我深一脚浅一脚地走回南礼士路。恐惧真是最大的动力，它让我忘记了寒冷、遥远、饥渴。

2003年，非典肆虐，我如常地北京香港两地飞，那时候没什么人戴口罩，我也不觉得自己有金刚罩、铁布衫，只是莫名其妙地心大。有一天中午坐车行驶在长安街上，原本车水马龙的街道，放眼望去，前后左右只有我一辆车，我的眼泪瞬间流了下来。那一刻我发誓，哪天北京恢复了生机，即便拥挤、堵车，我也一定淡定，不急，不骂人。

于我而言，北京是家，是休戚与共、血脉相连，是每天的生活，理所应当，不需要煽情。那么多的岁月，估计我还有很多年才有时间去梳理、回味。而现在，我仍身处其中。

在自己的世界里，定义胜败标准

你的"存在感"来自于自己还是别人？

在上次的调查中，44.12% 的人认为"存在感"来自于自己。有的人是一个人生活久了，有的人是因为相信自己足够成熟。

其余的人则认为"存在感"来自于别人。有人是喜欢被肯定带来的满足感，有人则喜欢被别人记得的感觉。

鲁小胖如何看待这个问题呢？一起来看吧。

几年前我在北京 T3 航站楼，准备登机前，看到了著名小提琴演奏家吕思清，他独自坐在一排乘客中间，正在东张西望，很悠闲，又有点百无聊赖的样子。

我走过去打了个招呼："您一个人啊？"

他点点头说："习惯了。"

他也没有随身行李，连个包都没带。身边的空椅上斜靠着一个年头久远、皮子都已经皲裂的琴盒。

"您这招很安全。"我说，"谁也想不到，这么旧的琴盒里会藏着一把价值连城的小提琴。"我隐约记得他告诉过我，那是斯特拉底瓦里提琴协会提供给他使用的一把名琴。

他当时云淡风轻地说："价值几百万吧。"

我不懂琴，又怕被贫穷限制了想象力，也没好意思问他说的是人民币还是美元。

记得那天我出差，身边照例有三名工作人员，和吕思清简单聊了几句之后，我们挥手告别。我一边往自己的登机口走，一边在心里羡慕着，这才是最好的状态——他在自己的专业领域里做得足够好，市场、乐迷的认可足以满足一个人对荣誉、金钱、名望的那种健康的渴求，而古典音乐的独特属性也决定这个领域里不会出现太过疯狂、让人无法呼吸的追捧和痴迷。

这种刚刚好，让一个人得以气定神闲地坐在一群人中间，不趾高气扬，但也不焦虑不慌张，怡然自得，内心笃定。当然，这是我一厢情愿地认为，他不需要因为收视率、番位、点击率、百度指数、热搜榜等等而兴奋或者失落。

老天爷挺偏爱他的，除了音乐才华造诣以外，他还风度翩翩，当然倘若他相貌平凡、中年发福、头发稀疏，此刻的他依然会满脸笑意，开心祥和吧。因为古典音乐有自己的评价体系，我可以帅、美、年轻，也可以完全不是，我可以仅凭技艺吃饭，可以仅靠人群中所占比例并不高的那些乐迷的青睐而活着，而且可以生活得很好。

忘了是哪部电影，其中一位老派的英国上流社会女性说，人的一生只应该上三次报纸：出生、结婚和去世，否则就是俗气。这种充满明显优越感的态度有点招人烦，可她的清高并不无道理，因为她的生活圈子和价值观决定了远离大众才是最安全、最体面的生活方式。她的存在感不需要头版、八卦来给予，她的财富、地位、特权已经让她无比优越地存在着。

之前我的朋友 Helen 发了条朋友圈，原文如下：

> 我大大方方地承认我不是很年轻，但我也没有老。我相信这样的状态会持续很久很久，我认为这是我人生最好的状态。在人的一生中，年轻和年老之间的这段时间其实是最长的，也是最好的，是最应该让我们去喜欢的。可是我们确实身处一个崇拜青春而厌弃老年的社会，但若你无论年龄怎样增长都可以打起精神气地活着，你一定会发现，你会活得越来越好，远远地超过青春期的好。

她这一段话令我动容，于我心有戚戚焉。

很多读者留言说，人的存在感是自己给予的，我只能说，我有限度地赞同。我努力以自己的方式存在着，但存在感的确也在于他人的评价与肯定带给我的感受，我能做的只是选择在意或不在意这种感受。一个再淡定、再与世无争的人，也需要获得某种认可，不一定举足轻重，但不至于无关痛痒。可是我们总会走过各自的巅峰，总会从某个高度的叱咤风云慢慢变得可有可无。

我常想，存在感的确是个 B-I-T-C-H（糟心事），原谅我拼了个不雅的单词，但没有比这个词更适合的了。存在感看不见摸不着，来无影去无踪，难缠、难搞、不好伺候，而且稍有不慎就破碎一地，偏偏它又主宰着我们的心情，高低起伏都看它脸色，就像那首歌里唱的：我俩太不公平，爱和恨都由你操纵。这是人生的大考验。

我希望有一天我可以像吕思清，像那位英国老妇人，或者像我的朋友 Helen 一样，在自己的世界里，定义自己的胜败标准。

有一次下飞机到香港，在酒店登记的时候，旁边一位穿无袖连衣裙的中年女性着实吓了我一跳，她的身形很像我采访过的、在新闻图片中看到过的厌食者。她一定能察觉到周围异样的目光，但她还是很自然淡定地在那儿办理手续，也没有穿长袖长裤、试图遮住自己的身体，她只是站在那儿，勇敢地接受了自己的存在。

老去不可避免，是否孤独全凭天意

生活中有哪些时刻让你觉得自由？

有人说，我们虽然拥有了越来越便利的交通工具、通讯方式，却好像过得越来越不自由了。

白先勇的《纽约客》里，一个叫凤仪的姑娘从纽约给妈妈写信，信里写着：淹没在这个成千上万人的大城中，我觉得得到了真正的自由——一种独来独往，无人理会的自由。

鲁小胖也分享了那些她生活中珍贵的自由时刻。

生活中，有些属于我的微不足道却弥足珍贵的自由时刻。

比如，晚上一个人坐地铁回家，出了地铁站，一路上隔三差五地会碰到队列整齐的武警战士巡逻换岗，暗暗的树影下，我一边小心地给他们让路，一边听歌，微笑，心里会小小地雀跃着。

比如早晨醒来，在一切压力开始之前，在屋里窗外都还安静的时候，一个人喝咖啡，吃早餐，打开 iPad 看一集英剧。

再比如去电影院看电影，我永远坐在最后一排，看一场期待已久的大片，或者偶尔冒险一试，结果看了一部让人如坐针毡的烂片，怎样都好。

还有晚上去喜欢的餐馆吃饭，不坐包间，我习惯坐在大堂安静的角落，灯光不亮不暗，刚好看得清饭菜和对面身旁的朋友。我家三毛说过：清风明月都应该是一个人的事情，倒是吃饭，是人多些比较有味道。我深以为是。

我还喜欢坐长途车，特别喜欢。我喜欢的是两三个小时的车程，最好车窗外是北方初秋的景色，天空高远，阳光透亮，但燥热已散，树木原野都有了一些清冷的气息。路上的我无所事事，却无比踏实。

偶尔去陌生遥远的城市旅行，街道上每一张面孔都亲切，但每一张面孔都和自己无关。我走在人群中，不急，不慌，不怕。身边熙来攘往，自己仿佛透明一般，偶尔淹没在人群中，偶尔被整个世界友好地忽略，会让你明白一个真理：你以为你是谁啊？

某期《名利场》里普鲁斯特问卷（Proust Questionnaire）的回答者是演员亨利·温克勒（Henry Winkler）。关于 "What is your idea of perfect happiness?（你认为什么是完美的快乐？）"，他回答："The entire family, being healthy, being on the set of Barry and a rainbow trout on my line."一、家人健康；二、我拍戏时他们都在片场陪我；三、钓到虹鳟鱼。

他的每一个要求都貌似谦卑朴素，再苛刻的命运都找不到不满足他的理由。可是它们实际上代表着多么令人艳羡的完美生活啊，家庭、事业、爱好不仅通通拥有，而且你还能从中感受到责任、义务、负担以外的那种甜蜜和心甘情愿。关于完美快乐的回答，我已经找不到比他更完美的了。

但是有人说过，完美是个吓人的词。

有一次我去看中医，中医年纪轻轻，但据说很"神"。他的治疗方法是先从话疗开始，大约半小时。话题包括性格、情绪、工作、压力，不涉及隐私。手法大约是中医的望闻问切加上心理疏导。

聊到最后，大夫笑了，他说："我发现你特别会给自己贴标签。"我一愣。他又说："你看，自闭、社交恐惧症、睡眠拖延症、自我认知低，我好像还落了几个。"他忍俊不禁地伸出手指认真数着。我使劲地点头说："对啊，我就这样，强迫症。"然后我们俩都乐了。我一直以为自己活在被别人贴标签的压力之下，其实我对自己才是下手最狠的。

有一段时间，我一有空就去朋友 Helen 的店里找她玩，每次 Helen 都会抓拍两张我吃吃喝喝或者试戴她店里首饰的照片放在朋友圈。中医大夫也认识 Helen，他说我的照片他也看过，发现我每次都是要么低头要么侧着脸，或者把帽檐压得低低的，问我有没有什么原因。

没什么原因，没化妆而已，我淡淡地回答了一句。我说的是实话。而那瞬间的冷淡是一种本能的反应。当一个陌生人试图从我的举手投足来分析我，甚至试图进入我的内心，我身上一切和外界沟通的大门会迅速死死地关上，同时身上所有的防御体系都会启动。

我家三毛在《黄昏的故事》里写道："我喜欢适度的孤单，心灵上最释放的一刻，总舍不得跟别人共享，事实上也很难分享这绝对个人的珍宝，甚至荷西自愿留在家里看电视，我的心里都暗藏了几分喜悦。"适度的孤单貌似简单、清冷，甚至有些凄苦，但"适度"二字其实有许多含义。

对我而言，适度的孤单就是忙碌的工作结束后，舒服地平躺在沙发上，吃水果，看书，看剧。和自己有关的一切，真实的也好，虚拟的也罢，都风平浪静，房间安静、整洁，家人在我能感受到的地方陪伴我。这样的画面永远让我神往，令我动容。

普鲁斯特问卷的第二个问题是：What is your greatest fear？（你最大的恐惧是什么？）我知道，如果有一天我可以战胜内心最深最大的恐惧，那将是我最最自由的时刻，而我的终极恐惧，就是当"适度的孤独"变成"孤独"。

说来仿佛矛盾，我惴惴不安，却也无比好奇地等待衰老彻底降临的那一天，我想那也许是我彻底放下的时刻，那时的我也许压根不用，也不会在意周遭的声音和眼光了。老去不可避免，是否孤独也全凭天意。我只希望无论怎样，我都能拥有对生活的充沛向往。

傻子，我不会死的

假如要举行一场生前葬礼，你会怎么办？

有人说，她要去一个没有信号的地方，和四个闺蜜没日没夜地畅聊；有人说，他要弄一艘船，把亲朋好友都请过来，一起出海；还有人说，她对自己的葬礼没兴趣，无论生前还是死后。

鲁小胖抗拒一切形式感的东西，对"生前葬礼"这个话题毫无兴趣。可既然聊到了，她索性就来谈谈自己的生死观。

生活中，我抗拒一切形式感强的东西。一方面是懒，每天给鲜花换水，吃饭铺桌布、摆烛台，是件蛮辛苦的事。另一方面呢，工作中天天面对舞台、灯光、流程，我实在无法想象把日子也过成一场永无止境的秀。所以对"生前葬礼"这个话题我毫无兴趣，因为和我无关，我死了坚决不要葬礼，更何况生前葬礼，听着就累。

不记得是路易十四十五十六到底十几说的，"在我死后，哪管洪水滔天"。这句话当然反动透顶，反映出"腐朽的封建统治阶级的不可一世、飞扬跋扈、刚愎自用"等等。我常常会半开玩笑地引用这句被误传的话。实际上，原话是"我们死后，将会洪水滔天"。这是路易十五的情妇蓬巴杜说的。这句话充分反映了我的某种生活态度，那就是坚决不操心那些根本不由我控制的事，比如死亡。

曾经，我无比恐惧死亡，我无法想象离开这个这么活色生香的世界，我舍不得。后来某个阶段，我的生死观突然发生了转变，活着是需要用力的，死亡就是 let go 的瞬间，是放手、放下，甚至放弃。这听起来凄惨、伤感、绝望，但实际上，它恰恰使生充满了意义。活着也许痛苦艰难，可既然一切都有尽头，那么在大结局到来之前，我们不妨拼尽全力。

"上海滩"创始人邓永锵爵士（Sir David Tang），因为肝脏问题在 2017 年 8 月底病逝，终年只有六十三岁。去世前两周，他在英国《泰晤士报》（*The Times*）刊登了一则启事，邀请所有亲朋好友前来参加他的"告别派对"，派对原定于 9 月 6 日晚上七点到十点钟在伦敦的多切斯特酒店举行。他说，离开的最好方式是开一个派对，让我们最少再见上一面，这比起当我离世后只能在追悼会上见面更好、更有意思。

办生前告别派对，除了邓永锵爵士，我想不出第二个更适合的人。他的精彩人生我就不复述了，反正他这一生，美食、华服、美女……我们尽力释放自己的想象力，也无法想象他尽兴的一生。他的好朋友包括戴安娜王妃、名模凯特·摩丝（Kate Moss）、"黑珍珠"娜奥米·坎贝尔（Naomi Campbell）、查尔斯王储等等。他的一生就是一场流动的盛宴，所以没有什么比以一场盛宴来收尾更恰如其分的了。这么戏剧性的方式，除了他，别人做吧，我就觉得怪。

如果时日无多，我要做些什么呢？

一、我要把所有美食尽可能地再多吃几遍。

二、要在一个陌生的美好的地方静静地住上一段时间，每天素颜，丧心病狂地无所事事。

三、去那几个一直想去但还没去过的地方，比如北欧，海鸥食堂要去一下。

四、要去百老汇、伦敦西区看剧。

五、想让刘野给我画像。

六、不告诉你们。

七、也不告诉你们。

八、还是不告诉你们。

我发现，我所有的愿望都只是愿望，而忽略了"遗愿"这件事情。至于那些无法和大家分享的个人秘密，更是出于我的习惯，因为有些事说出来就不灵了。可是，所有这些愿望，都要求我活着，活着，好好活着。

这不得不再提我家三毛。她在《不死鸟》中写过，她被荷西问道，如果只有三个月的寿命，她会去做些什么。当时三毛正在厨房里揉面，她举起沾满面粉的手，轻轻地摸了摸荷西的头发，慢慢地说："傻子，我不会死的，因为还得给你做饺子呢！""我要守住我的家，护住我丈夫，一个有责任的人，是没有死亡的权利的。"

我同意。我得好好地、尽力地、抡圆了活着，守住我的生活。

—— 致谢 ——

一毛　梦桃　小车　尧十四　许小浒　史卓

郝丽坤　杨晓燕　宇昕……

封面摄影：彭大地

化妆：陈龙

造型：毛特